光文社文庫

文庫書下ろし／長編時代小説

烈火の裁き

人情同心　神鳴り源蔵

小杉健治

光　文　社

この作品は光文社文庫のために書下ろされました。

目次

烈火の裁き——人情同心　神鳴り源蔵

第一章　罠

一

室町《むろまち》三丁目の浮世《うきよ》小路《しょうじ》にある料理屋『百川《ももかわ》』の離れ座敷で、南町奉行所《みなみまちぶぎょうしょ》の与力《よりき》高坂又五郎《こうさかまたごろう》は女中のおみねの酌を受けて酒を呑んでいた。材木問屋『飛騨屋《ひだや》』の主人雁治郎《がんじろう》は女将《おかみ》を相手に軽口を叩いている。

又五郎がおみねと最初に会ったのは二か月前だ。雁治郎の招きで、はじめて『百川』に上がったときについたのがおみねだった。

鼻筋が通り、美しい顔立ちの女だ。二十二歳で、四十歳になる又五郎は分別も忘れ、おみねのほんのりとした色香に心をかき乱された。

それからは何度も会っているが、きょうのおみねは元気がない。ときたま、心ここにあらずのようにぼんやりしていることがあった。

「おみね、何か思い悩んでいるようだな」

おみねの酌を受けたあと、又五郎はきいた。

「いえ……」

おみねは否定したが、表情は暗かった。

「何かあるんだな。何か困っていることがあれば遠慮なくわしに言うのだ」

又五郎はおみねに囁《ささや》くように言う。

「ありがとうございます」

「高坂さま」

飛騨屋が口を入れた。

「おみねのご亭主が三日前から家に帰っていないそうです」

「亭主だと？　おみねは亭主がいたのか」

思わず、又五郎はきき返した。

「はい」

おみねは俯《うつむ》いた。

「亭主持ちだったのか」

飛騨屋はそんなことは言わなかった。かってに独り身《ひとりみ》と思い込んでいた俺が悪いのかと、又五郎は憤然《ふんぜん》とした気持ちになって、

「亭主は何をしているのだ？」

又五郎はきいた。

「植木職人です」

おみねが答える。

「植木職人？　そんな亭主がいながら、なぜここで働いているのだ？」

植木職人なら実入りはよく、女房が働かなくても暮らしには困らないはずだ。

「半年前に、木の枝から落ちて足を痛め、ずっと働けなかったのです、今は足も治ったんですが、あまり働かなくなって酒びたりに……」

「そうか。困った亭主だ。で、その亭主が家に帰っていないのか」

又五郎はおみねの顔を見た。

「三日前の夜、私がお店を終わって帰ったらいなかったんです」

おみねは伊勢町《いせちょう》の稲荷《いなり》長屋に亭主の升吉《ますきち》と住んでいると言った。三日前というと、三月六日だ。

「いつもなら帰ったときはお酒を呑んでいるんですが、姿がないんです。お酒がなく

なって酒屋に行ったのかとも思っていたんですが、なかなか帰ってこなくて……」

「それから三日も帰ってこないのか」

「はい」

おみねは俯いた。

「でも、どうしてもっと早く訴えなかったのだ?」

「はい。うちのひとは最近、賭場《とば》に出入りをするようになって、ときたま夜通し遊んでくることがあったんです。今度もそうだと思っていたら三日も帰らないので……」

「亭主は博打《ばくち》好きか」

「いえ、以前はそうではありませんでした」

「怪我をしてから変わったのか」

又五郎はきく。

「うちのひと、誤解しているんです」

「誤解? 何を誤解しているんだ?」

「私に男がいると」

「男?」

又五郎は胸に不快なものが広がった。

「そんな男がいるのか」

「違います、うちのひとが誤解しているんです」

おみねはむきになった。

「おみね、座敷でするような話じゃないよ」

女将がたしなめた。

「すみません」

おみねがあわてて謝る。

「いや、謝る必要はない」

又五郎はそう言ったが、異物を呑み込んだような不快感が胸に広がったままだ。

「女将、おみね」

飛騨屋が声をかけた。

「すまないが、座を外してもらいたい」

「わかりました」

女将はおみねに目配《めくば》せをして立ち上がった。

「では、またあとで参ります」

おみねが頭を下げた。

「うむ」

又五郎は頷《うなず》く。

女将とおみねが出て行って、

「おみねが亭主持ちだとは知らなかった」

又五郎は憤然と言う。

「夫婦仲はうまくいっていないようです」

飛驒屋が答える。

「おみねがそう言っていたのか」

「女将から聞きました。おみねは女将には何事も相談しているようです」

「亭主は、おみねに男がいると思っているようだが？」

「亭主は怪我をしたあとは夜働きに出るようになったおみねに感謝していたそうですが、怪我が治るにつれ、酔って帰るおみねにきつく当たるようになったということです」

「それで、男がいるのではないかと思い込んだのか」

又五郎は酒を呷《あお》って言う。

「そうでしょう。ただ、亭主がそう思うのも無理ないようなんです」

「それらしき男がほんとうにいるのか」

又五郎は驚いてきく。

「遊び人の時蔵《ときぞう》という男がおみねに言い寄っているようなんです」

「遊び人の時蔵？」

「店の帰りを待ち伏せ、おみねに近づいていたとか。あるとき、おみねを迎えに行った亭主が、時蔵とおみねがふたりきりで暗がりに立っているのを見て、時蔵をおみねの不義の相手と思い込んでしまったようです」

飛驒屋は話す。

「時蔵はほんとうに不義の相手ではないのか」

「おみねは違うと申しています」

「それにしても、亭主持ちだったとはな……」

又五郎は忌《い》ま忌《い》ましげに言う。

「高坂さまがそれほどおみねにご執心とは思いませんでした」

飛驒屋はにやつきながら言い、

「でも、亭主が三日間も帰っていないことをどう思われますか」

と、笑みを消してきいた。

「……」

「三日も帰っていないというのはただごとではありません。何か、あったのではありますまいか」

「そうよな。いくらなんでも賭場に三日間も居続けるとも思えぬ」

「私が思うに、亭主はもう帰ってこないような気がするのですが……」

「帰ってこぬと？」

「はい。亭主は時蔵に会いに行ったのではないでしょうか。そこで何か揉《も》め事があったのではないかと、私は考えております」

「亭主は殺されたと？」

「三日間も帰っていないのですから」

「うむ、考えられるな」

又五郎は盃《さかずき》を持ったまま唸《うな》った。もし、そうなら亭主とおみねにまとわりつくふたりの男が一挙にいなくなるのだ。

酒を呷ったあと、

「飛驒屋。まさか、この話をするために人払いをしたわけではないだろうな」

と、又五郎は気がついてきいた。

「高坂さま」

飛騨屋はやや前のめりになって、

「南町《みなみまち》の尾上源蔵《おがみげんぞう》という定町廻《じようまちまわ》りのことですが」

と、切り出した。

「尾上源蔵？　神鳴《かみな》り源蔵のことか」

いやな臭いを嗅いだように、又五郎は顔をしかめた。

尾上源蔵は南町奉行所の定町廻り同心《どうしん》で、剃刀《かみそり》のような鋭い頭脳と稲妻《いなずま》のような素早い動きから、剃刀源蔵とか稲妻源蔵とか呼ばれていたが、いつしか神鳴り源蔵という異名がついていた。

「尾上さまはどのような評判なのでございましょうか」

「源蔵は融通のきかぬ男だ」

又五郎は吐き捨てる。

「大身《たいしん》の旗本《はたもと》だろうが大名だろうが、支配違いなど関わりなくどこにでも乗り込んでいく。他人の縄張りにも平気で乗り出す。これまでにも寺社や大名家から苦情が何度も来ており、そのたび忠告をするがどこ吹く風だ」

「そんな同心を高坂さまや他の定町廻りの方々もよく許していると不思議でなりま

せん」

飛騨屋は皮肉のように言う。

「いや、我らも手を焼いている」

又五郎は鰓《えら》の張った顔を曇らせ、

「飛騨屋、なぜ、源蔵のことを言うのだ？」

と、又五郎は不思議に思った。

「はい。正直申しましていささか邪魔でございまして。高坂さまが、いみじくも仰《おつしや》いましたように、まったく融通がきかぬお方のようでして」

飛騨屋は不満を口にした。

飛騨屋が言う融通がきかぬというのは、袖《そで》の下がきかないという意味だ。

「なんとかなりませぬか」

飛騨屋は膝《ひざ》を詰めた。

「なんとか？」

又五郎は不思議そうに見る。

「定町廻りから外させるわけにはいきませんか」

「定町廻りから？」

「はい。痛くもない腹を探られたりするのは御免でございまして」

「何かそのようなことがあるのか」

「いえ、滅相《めっそう》もない。それは商売を続けていく上ではきれいごとだけではやっていけません。ただ、そこにいちいち首を突っ込まれましても」

「……」

「高坂さま。これをどうぞ」

飛騨屋は懐紙《かいし》に包んだ小判を又五郎の膝の前に差しだした。いつものように十両だ。

又五郎は素早く手を伸ばし、

「源蔵を黙らすうまい方策を考えておこう」

と、懐《ふところ》にしまいながら言う。

「いえ、それはこちらで」

飛騨屋が微笑《ほほえ》んで言う。

「どういうことだ？」

「私のほうで神鳴り源蔵を潰《つぶ》します。その際、どうかお手を貸していただければと思います」

「何をすればいいのだ？」

「何も」

「何も？」

「何もしないでいただけたらと」

飛騨屋が皮肉そうな笑みを浮かべた。

又五郎が口を開く前に、

「高坂さまは何も知らないほうがあとあとよろしいかと」

と、飛騨屋が言う。

「わかった。俺は何も知らなかったということだな」

「はい」

鈍《にぶ》く光った飛騨屋の目を受け止め、又五郎は頷いた。

「ただ、ひとつだけ」

「なんだ？」

「神鳴り源蔵さまにおみねの亭主の探索をご命じいただけませんか」

「亭主の探索？」

「はい」

飛騨屋は微《かす》かに笑みを浮かべた。

「それだけか」

「それだけでございます。あとは、高坂さまは何も知らなかったことに」

「わかった。そうしよう」

飛騨屋は神鳴り源蔵を潰すと言った。その言葉に期待をかけた。


翌朝、いつもより早い時刻に、又五郎は槍持《やりもち》、草履《ぞうり》取り、挟箱持《はさみばこもち》、若党《わかとう》を従えて、数寄屋橋御門《すきやばしごもん》をくぐって南町奉行所に向かった。

奉行所の門に向かいかけたとき、ちょうど小者《こもの》を連れて脇門を出てくる源蔵と出くわした。

源蔵は眉《まゆ》が濃く、目が大きい。鬼瓦《おにがわら》のようないかつい顔。胸板が厚く、たくましい体をしている。

「源蔵」

会釈《えしゃく》してすれ違った源蔵を呼び止めた。

源蔵が立ちどまって、又五郎の一行に近づいてきた。

「これから町廻りか」

「はい」

定町廻り同心は普段は各町の自身番《じしんばん》に何事もないかをきいてまわっている。

「じつは小耳にはさんだのだが、室町三丁目の浮世小路にある料理屋『百川』の女中おみねの亭主が数日前から姿を消しているという。亭主は伊勢町の稲荷長屋に住んでいる植木職人の升吉という男だ。何かのいざこざに巻き込まれた恐《おそ》れが強いのだ。この男の探索をしてもらいたい」

「伊勢町の稲荷長屋に住む升吉でございますね」

源蔵は確かめるように言う。

「そうだ。頼んだ」

又五郎が離れようとしたとき、

「高坂さま」

と、今度は源蔵が呼び止めた。

「なんだ？」

「高坂さまはどこからそのことをお聞きになったのでしょうか」

「だから小耳にはさんだと言ったのだ。よけいなことはきかんでいい。よいか、しっかり頼んだぞ」

又五郎はつい口調を荒《あら》らげた。他の者なら気にもとめず、気にしたとしてもわざわざ問い掛けることはしない。だが、源蔵はそういうことを平気できいてくる。

奉行所の門を入るとき、又五郎は振り返った。源蔵が見ていた。不快な思いで、又五郎は奉行所に入って行った。

二

竜吉《たつきち》は鉄砲町《てっぽうちょう》の文太《ぶんた》と六助《ろくすけ》とともに、神鳴り源蔵に近寄った。源蔵は与力の高坂又五郎を見送っている。

「旦那」

文太が声をかけた。源蔵から手札をもらっている文太だが、岡っ引きは奉行所に直《じか》に仕《つか》えてはいないので、こうして外で源蔵を待っているしかないのだ。

「高坂さまから男の探索を頼まれた」

「男の探索ですか」

「室町三丁目の浮世小路にある料理屋『百川』の女中おみねの亭主が数日前から姿を晦《くら》ましているらしい」

「なぜ、高坂さまが?」

「おそらく大店《おおだな》の主人から『百川』で饗応《きようおう》されたのだろう。そこで、女中おみねの亭主が行方《ゆくえ》を晦ましているときき、いいところを見せようと俺が探してやるとでも言ったに違いない」

「ちっ、探し回るのはこっちだっていうのに安請け合いして」

六助が不満を口にする。

「おいおい、そんな言い方するもんじゃやねえ」

文太がたしなめる。

数寄屋橋御門を抜けてから、

「旦那、どうしますね。竜吉と六助にやらせますかえ」

と、文太がきいた。

「もしほんとうに数日前から姿を消しているとなると……。自《みずか》ら姿を晦ましたということも考えられなくはないが、ちょっと気になる」

源蔵は顎《あご》を撫《な》でて、

「まず、竜吉と六助に様子を調べてもらおう」

「へい」

文太は応じ、竜吉と六助の顔を交互に見て、

「じゃあ、おめえたち、調べてきてくれ」

と、命じる。

「へい。『百川』の女中おみねですね」

素早く、六助が応じる。

「亭主の名は升吉、住まいは伊勢町の稲荷長屋だ」

源蔵が付け加えると、今度は竜吉が確かめる。

「伊勢町の稲荷長屋に住む升吉ですね。わかりやした」

日本橋《にほんばし》を渡り、室町三丁目に差しかかって、竜吉と六助は源蔵と文太と別れ、まず伊勢町の稲荷長屋を目指した。

伊勢町は伊勢町堀に面していて、稲荷長屋は堀沿いの通りに長屋木戸があった。

木戸を入ってすぐ右手に大きな稲荷の祠《ほこら》があり、赤い旗が何本も翻《ひるがえ》っていた。

思わず、ふたりは稲荷に手を合わせた。

そこに長屋の住人らしい年寄りが通りかかったので、

「とっつぁん」

と、六助が呼び止めた。

「なんだね」

細身の男で、額に深い皺《しわ》のある小さな顔は猿の彫《ほ》り物《もの》のようだ。

「俺たちは南町の神鳴り源蔵から手札をもらっている鉄砲町の文太の手下だ」

六助が身分を名乗る。

「長いな」

「えっ」

「挨拶《あいさつ》が長い。ようするに下っ端ってことだな」

「ちっ」

六助は舌打ちしてから、

「とっつぁん、教えてもらいてえ」

と、切り出す。

「升吉のことか」

「そうだ。よくわかるな」

「岡っ引きの手下がここにやってくる用はそれしかあるまい」

年寄りはあざ笑うように言う。

「手下、手下って言うな。俺は文太親分の後釜だ」

六助はむきになった。あわてて、竜吉が年寄りに、

「教えてくれねえか。升吉はほんとうにいなくなったのか」

と、きいた。

「そうだ。四日前の六日の夜、ここを出ていった切りだ」

年寄りは竜吉に顔を向けた。

「とっつぁんは出て行くのを見ていたのか」

「見てねえ」

「見てねえのか」

六助が呆《あき》れ返ったように、

「見てねえのに、どうして六日の夜だってわかるんだ」

と、強く迫った。

「聞いていたのさ」

年寄りは顔をしかめて答える。

「聞いていた？　どういうことだ？」

「俺は隣に住んでいる。おみねさんが出かけたあと、升吉に男が訪ねてきて言っていたんだ。時蔵は万年町《まんねんちょう》二丁目の閻魔《えんま》長屋にいると言っていた」

「時蔵？　誰だ」

「知らねえ。壁越しに名前を聞いただけだ」

年寄りは突慳貪《つっけんどん》に答える。

「で、升吉はどうしましたえ」

竜吉がきいた。

「男が引き上げたあと、しばらくして出かけた」

「時蔵のところだろうか」

「そうかもしれねえな」

年寄りは竜吉にはちゃんと顔を向けて答える。

「この時間、おみねはいますかねえ。家はどこですか」

竜吉は訊《たず》ねる。

「俺の家はそこだ。その隣だ。行ってみな」

「わかった。とっつぁん、すまなかった」

竜吉は礼を言い、おみねの家に向かい、腰高障子《こしだかしょうじ》の前に立った。

ふと横を見ると、年寄りがついてきていた。

「とっつぁん、もういいぜ」

六助が年寄りに言う。

「俺のことは気にしなくていい」

年寄りは六助の言葉を無視するように言う。

「そうじゃねえ」

六助は渋い顔をした。さすがに邪魔なんだとは六助も言えなかったようだ。

「俺が声をかけてやろう」

勝手に言い、年寄りはふたりを退《しりぞ》けて戸の前に出た。

「おみねさん、いるかえ」

戸を開けて声をかける。

「あっ。喜助《きすけ》さん」

奥から女の声がした。

「升吉のことで、神鳴り源蔵の手下が来たぜ」

喜助と呼ばれた年寄りがおみねに言った。

「とっつぁん、もういいぜ」

六助が追い払うように言う。

「俺ならかまわねえよ」

喜助は動じない。

「もう十分だ」

六助は喜助の体を外に押し出して戸を閉めた。

ふたりは土間に立って、改めて上がり框《がまち》まで出てきたおみねと向かい合った。

「おみねさんだね」

六助がきく。

「はい」

「ご亭主の升吉さんが四日前から帰って来ないそうだが？」

「はい。何かあったのかと心配しているんです」

「思い当たることがあるのか」

「最初は一晩中賭場に入り浸っているのかと思ったのですが、さすがにふつか、三日となると……」

「升吉さんは博打をやるのか」

「はい。近頃、賭場に出入りをするようになりました」

「何かあったのか」

「去年、木から落ちて足を痛めて仕事が出来なくなったんです。ようやく治ったと思ったら……」

「どうした？」

「あることがあって、気持ちが荒れているんです」

「あることとは？」

「うちのひとは私に男がいるんじゃないかと邪推《じゃすい》していました」

「さっきのとっつぁんが時蔵という名を出していたが？」

「はい。その時蔵との仲を邪推していました。もしかしたら、あの夜、時蔵に会いに行ったのではないかとも思ったのですが、特に証《あかし》があるわけではなくて……」

「時蔵とはどういう仲なんだね」

「一度、お客でやって来たことがあるんです。それから、しつこく言い寄ってきて」

「確か、室町三丁目の浮世小路にある料理屋『百川』で女中をしているってことだったな」

「はい。仕事を終えて帰るとき、時蔵が待ち伏せていてしつこく迫ってきたとき、たまたま迎えにきたうちのひとがそれを見てすっかり誤解をしてしまったんです」

「なるほど」

「それ以来、うちのひとは大酒を呑むようになって……」

「升吉は植木職人だそうだが、親方は誰だ？」

「浜町堀《はまちょうぼり》にある『植定《うえさだ》』の定五郎《さだごろう》親方です」

「『植定』の定五郎か」

六助が呟《つぶや》く。

「ほんとうに、時蔵とはなんでもないんだな」

竜吉がやっと口をはさむ。

「はい」

おみねが答えるまで半拍の間《ま》があった。声にも力がない。

竜吉はおみねの答えに不審を持ったが、あえて追及はしなかった。

「隣のとっつぁんがご亭主を訪ねて男が来たと言っていたが、その男に心当たりは？」

「ありません」

「時蔵は万年町二丁目にいると、その男が話していたようだが、そうなのかえ」

「私は知りません」

「わかった。ともかく、時蔵から話を聞いてみよう」

六助が先に言い、

「また、来る」

と言って、土間を出た。

「賭場がどこかわかるか」

竜吉は残ってきく。

「いえ、わかりません」

「そうか」

あわてて、竜吉は外に出た。

「これから時蔵に会いに行くのか」

長屋木戸を出て、六助にきく。

「そうだ」

六助が答える。

「正直に答えるかどうかわからねえ。だから、もう少し固めてからのほうがいいんじゃねえのか」

「何を固めるって言うんだ？」

六助は顔をしかめてきいた。

「升吉を訪ねてきた男だ。その男が誰か、まず探すべきだ」

「おいおい、こっちは升吉が会いにきたかどうかを確かめに行くだけだ。そんなことで嘘をつくはずねえ」

「いや、そのまま升吉は行方知れずなんだ。何かあったんだ。時蔵が自分に疑いがかかるようなことを言うはずない。時蔵の答えは決まっている。そんな男は知らねえと」

「升吉を訪ねてきた男をどうやって探すんだ？」

「この長屋の誰かが男を見ていたかもしれねえ。それに、升吉の知り合いなら植木職人の仲間かもしれねえ」

「いや、遊び人の時蔵の住まいを教えにきたんだ。植木職人仲間じゃねえ。賭場で知り合った男かもしれねえ。それだったら、探し出すのに手間がかかる」

六助は眉根を寄せて言い、

「ともかく、時蔵に会ってみるんだ」

六助は言い、伊勢町堀沿いを永代橋《えいたいばし》のほうに向かった。

ふたりは同い年だが、文太の手下になったのは六助のほうが少し早い。だから、文太の一の子分という思いが六助にはあるのだろう、いつも自分の考えを通そうとする。

ふたりとも角兵衛獅子《かくべえじし》上がりだった。

竜吉は二歳ぐらいのときに親に捨てられたのを越後《えちご》の商人の手で西蒲原郡月潟村《にしかんばらぐんつきがたむら》の角兵衛獅子の親方に売られた。

そこで、獅子児《ししのこ》になるべく厳しい稽古《けいこ》に明け暮れた。十歳ぐらいから諸国をまわり、十七歳のときに越後の月潟村から逃げ出した。それから八年近く経《た》つ。

六助もまた竜吉から遅れて月潟村から逃げ出した男だった。江戸で再会し、どういう縁《えん》でか、六助は文太の手下になっていた。

永代橋を渡り、佐賀町《さがちょう》に出て、油堀川《あぶらぼりがわ》沿いを東に向かう。

「時蔵はいるかな」

竜吉が心配してきく。

「昼前まではいると思うぜ。なにしろ、夜は遅いだろうからな」

六助はすたすたと歩いて行く。

富岡橋《とみおかばし》を渡ると、万年町だ。近くに深川《ふかがわ》の閻魔さままで有名な閻魔堂がある。

六助が閻魔長屋の木戸に入って、路地にいたのっぺりした顔の若い男に声をかけた。

「この長屋に時蔵はいるかえ」

「なんでえ、てめえは？」

若い男は口許《くちもと》を歪《ゆが》めた。

「俺たちは神鳴り源蔵の手の者だ。邪魔しやがるとしょっぴくぜ」

六助は威圧した。

「どうも、おみそれを。時蔵兄いは一番奥でございます」

若い男の態度は急変した。

「今、いるかえ」

「へえ、いるはずです」

「わかった」

六助と竜吉はそこに向かった。

腰高障子に時蔵の千社札《せんじゃふだ》が斜めに貼ってあった。

「ごめんよ」

六助が戸を開《あ》けて声をかける。

部屋で三十ぐらいの渋い顔立ちの男が煙草《たばこ》をすっていた。顔をこっちに向けて、煙管《キセル》を口から離した。

「誰でえ」

男は不審そうな声を出した。

「俺たちは神鳴り源蔵の手の者だ。時蔵か」

六助はまたも威圧するように言う。

「そうです」

時蔵は雁首《がんくび》を煙草盆の灰吹《はいふき》に叩いて居住まいを正した。

「何か」

「室町三丁目の浮世小路にある料理屋『百川』で女中をしているおみねを知っているな」

「へえ」

「亭主の升吉がここにやってきたはずだが、知らねえか」

「ええ、四日前にやってきました」

「やってきた？」

竜吉は時蔵が素直《すなお》に認めたので意外に思った。

「へえ、酔っぱらって乗り込んできましたぜ」

「やってきたのは何刻《なんどき》だ？」

「へえ、六つ半（午後七時）ごろでした」

「どんな用だった？」

六助がきく。

「女房に手を出すなと泣いて訴えていました。あっしは出かけるところだったので、つまみ出してやりましたよ」

「つまみ出した？」

「ええ。あまりにもしつこいので少々手荒い真似をしましたがね」

「手荒い真似とは？」

「木戸まで引っ張っていって突き飛ばしただけです」

「升吉はどうした？」

「あっしを睨《にら》んでましたが、あっしは無視して出かけました。ですから、その後のことは知りません」

「おまえさんはどこに行ったんだ？」

「野暮用《やぼよう》です」

「どこだ？」

「勘弁してください」

「言えないのか」

「そうじゃねえが、升吉のこととは関わりがありませんので」

「帰ったのは何刻だ？」

「じつは佃町《つくだちょう》の女郎屋に泊まって次の日の朝に帰ったんです」

「間違いないか」

「ありませんぜ」

時蔵は口許を歪め、

「あの男がどこに行ったかなんて知りませんぜ」

と、吐き捨てた。

「どこに行ったかなんて知らないというのは、どういう意味だ？」

「えっ？」

「升吉が四日前から姿を晦ましていたことを知っていたのか」

「そうじゃねえ」

時蔵はあわてて、

「おまえさんたちが升吉のことでやってきたのは、升吉に何かあったからに違いない。そう思ったのさ」

「だが、あんたはどこに行ったかなんて知らないと言ったな。どうして姿を消したと思ったんだ？　絶望して川に身を投げたってことも考えられるじゃねえか」

「身投げじゃ、今頃は土左衛門《どざえもん》が上がっているはずだ。それがないんだから……」

時蔵は懸命に弁明する。

「ほんとうはどこにいるのか知っているんじゃねえのか」

六助が迫る。

「知らねえよ」

「ほんとうだな」

「ああ……」

時蔵は目を逸《そ》らした。

「まあ、いい。またききに来ることもあろう。思いだしたことがあれば、そんとき聞かせてもらう」

「へえ」

「升吉はどうしてここを知っていたんでしょうね」

竜吉が横合いからきいた。

「そう言えばそうだ」

「升吉にここの場所を教えにいった男がいるんだが、心当たりはないですかえ」

「さあ、誰だろう」

時蔵は首を傾《かし》げる。

「ところで、おめえは何をしているんだ？」

再び、六助がきいた。

「なんでも屋です。深川の盛り場を歩き回って、雑用を引き受けて金をもらっています」

「なんでもやるのか」

「へえ。いちおうは頼まれたことはなんでも」

「そうかえ。わかった」

六助は言い、時蔵の家を出た。


それから、竜吉と六助は浜町堀にある植木職『植定』に行った。

親方の定五郎は仕事で出かけていて、定五郎のかみさんが話に応じてくれた。

「升吉は腕のいい職人だったんですが、半年前に跨《また》いでいた木の枝が折れて落ちて足を挫《くじ》いてしまったんですよ」

「もう治ったんじゃないんですかえ」

六助がきく。

「ええ。ひと月前から仕事に復帰をしたんですが、かみさんのことで少し荒れてまた仕事が出来なくなってしまったんですよ」

「おみねに男がいるってことか」

「はい」

「升吉は四日前から姿を消しているんだが、心当たりはないですかえ」

「おみねさんから聞いて驚いていたんですよ」

「おみねがここにやって来たのか」

「ええ。二日前に」

「定五郎もいなくなったわけはわからないだろうな」

「ええ。どうしたんだろうと不思議がっていました」

「升吉は賭場に出入りをしていたらしいが？」

「賭場のことは知りません」

「そうですかえ。どうもお邪魔しました」

六助はひとりで喋《しゃべ》り、竜吉に口を開く間を与えなかった。

なんとなく、竜吉は面白くなかった。まるで、六助の手下のようだ。

「竜吉。どうしたんだ、機嫌悪そうだな」

六助が心配そうにきく。

「なんでもねえ」

「そうか。じゃあ、これから親分のところに行こう」

「六助、おめえひとりで十分だ。俺は稲荷長屋の住人に四日前の夜に升吉を訪ねた男をきき込んでくる」

「そうかえ」

六助は含み笑いをし、

「まあ、無駄だと思うがな」

と、呟《つぶや》くように言う。

「無駄かどうかやってみなきゃわからねえ」

竜吉は六助と別れ、伊勢町に向かった。

どうも近頃の六助は気に入らねえと、竜吉は吐き捨てる。自分は一端《いっぱし》の岡っ引きのつもりでいるんだ。

相手がへいこらするのは神鳴り源蔵の威光があるからだ。それを六助は自分が偉くなったと勘違いしているのだ。

俺に対しても目下のような態度をとる。ずっといっしょにいると、喧嘩になりそうで、竜吉は六助と別れたのだった。

三

夕方、竜吉は豊島町《としまちょう》一丁目の吉兵衛店《よしべえだな》に帰ってきた。

浅草《あさくさ》の新堀川《しんぼりがわ》沿いにある龍宝寺《りゅうほうじ》門前町に住んでいたが、文太の手下になったのをきっかけに六助が住むこの長屋に引っ越してきたのだ。六助の住まいの向かい側の部屋だった。

長屋の路地を入り、自分の住まいの腰高障子を開ける。天窓からの明かりは奥まで届かず部屋は真っ暗だった。

行灯《あんどん》に灯《ひ》を入れると、部屋の隅に置いてある小机の上の位牌《いはい》が浮かび上がった。

竜吉は小机の前に座り、七蔵《しちぞう》の位牌に向かって手を合わせる。

十七歳のときに月潟村から逃亡したあと、竜吉は街道筋で置き引きやかっぱらいなどをして生きてきた。一年ほどして、中山道《なかせんどう》の安中宿《あんなかじゅく》で天馬《てんま》の七蔵という異名を持っている男と知り合った。

その七蔵から盗人《ぬすっと》の手ほどきを受けた竜吉はふたりして江戸で夜働きをした。

どんな高い塀でも乗り越えられる身の軽さは角兵衛獅子の厳しい稽古によって培《つちか》われたものだ。

竜吉が二十二歳のとき、七蔵は酒を呑みながら真顔で言った。

「俺っちみてえな稼業の者は最後はろくな死に方をしない。獄門台《ごくもんだい》に首を晒《さら》すか、斬られて死ぬか。俺も歳だ。これで足を洗う。おめえも堅気《かたぎ》になるんだ。稼いだ金で、商売でもやろうじゃねえか」

七蔵はこんこんと諭《さと》し、盗んだ金を元手に人形町《にんぎょうちょう》に小間物《こまもの》の店を出したのだ。

ところが、開店して十日後に日本橋葺屋町《ふきやちょう》から出火して辺りを焼き尽くした。

せっかくまっとうに働こうとした矢先にすべてを失った。七蔵は、損失を取り戻すために単身である商家に忍び込んだ。

だが、たまたま見廻りをしていた南町奉行所定町廻り同心の尾上源蔵に見つかり、七蔵はあっさり御用となり、小塚原《こづかっぱら》の獄門台に晒された。

七蔵が死んで、竜吉は盗人に逆戻りした。狙うのはあくどく稼いでいる大店や付け届けで金が唸《うな》っている武家屋敷だけだった。

しかし、竜吉は源蔵に目をつけられていた。それなのに、源蔵は竜吉を捕まえようとはしなかった。

「とっつぁんが頼んでくれたおかげで、今じゃ、俺も神鳴り源蔵の手の者だ。あのまま盗人を続けていたら、いつか獄門台に首を晒すようになっていたはずだ、とっつぁん、礼を言うぜ」

一時は七蔵を獄門台に追いやった源蔵を憎み、敵《かたき》を討とうとしたこともあったが、源蔵は七蔵との約束を守り、竜吉の面倒をみてくれたのだ。

いきなり、戸が開いた。六助が土間に入ってきた。

「なんでえ、また位牌と話しているのか」

六助が呆れたように言う。

「七蔵さんは俺には父親も同然だ」

竜吉は怒ったように言う。

「父親か。俺にはそんなものはいねえ」

六助も親の顔を知らない。幼いときから月潟村の角兵衛獅子の親方のところで大勢の獅子児たちといっしょに育ったのだ。

「確かに稽古は辛《つら》かったが、今になると月潟村が懐かしいぜ」

六助がしんみり言う。

稽古はきつかった。出来なければ竹の棒で容赦なく叩かれ、飯も抜きのことがよくあった。辛い稽古がいやで何度も逃げた。逃げては捕まり、雪の積もった夜に外に放り出されるなどの折檻《せっかん》を受けた。十歳ぐらいから諸国をまわるようになった。旅先のどんな場所でも芸を披露した。

「あの頃の仲間はどうしているだろうか」

竜吉も昔を思いだして呟く。

「やめよう、こんな話」

六助がいきなり言い、

「あれから神鳴りの旦那と文太親分に会ってきた。話を聞いたあと、自分から進んで姿を晦ましたとは思えないというのが旦那や親分の考えだ」

「じゃあ、事故か」

「事故なら四日間もわからないはずはないと言っていた」

「というと、どこかで監禁されているかあるいは……」

「殺されているかもしれないと、旦那は言っていた。というのも毎日の行き倒れや変死者の届けの中に、升吉らしき男はいないそうだ」

「となると……」

「殺されてどこかに埋められているんじゃねえかと」

六助は目をぎらつかせ、

「升吉は時蔵に会いに行ったあと消えているんだ。時蔵は升吉を長屋木戸の外に突き飛ばしたと言っていた。升吉を最後に見たのは時蔵だ」

「しかし、亡骸《なきがら》が見つからないのに時蔵を調べるのはどうなんだ？」

竜吉は疑問を口にした。

「現に升吉は姿を消しているんだ」

「だが、ほんとうは自分からどこかに行ってしまったのかもしれねえ。親分たちはそれは考えられないと言っているそうだが、何かわけがあってのことではないか」

「いや、おみねの話からも升吉が自ら姿を消すことは考えられない。最後に升吉を見ている時蔵が何かを知っているはずだ」

六助は時蔵に疑いの目を向けている。確かに、時蔵は疑わしい。だが、何か決め手に欠けると思うのだ。

「時蔵は佃町の女郎屋に行っていたそうだ。どこの女郎屋かをきいて確かめてみる。明日、また時蔵のところに行く。いいな」

俺はおめえの子分じゃねえと言いたかったが、

「わかった」

と、竜吉は返事をした。


翌朝、竜吉は六助に引っ張られるようにして再び閻魔堂の近くにある閻魔長屋にやって来た。

まっすぐ時蔵の住まいに行く。

腰高障子を開けて、六助が呼びかける。

薄暗い部屋でなにかもぞもぞしている。時蔵がふとんから起き出してきた。

「こんな朝っぱらから何ですね」

目をこすりながら、時蔵は言う。

「とっくにお天道様《てんとうさま》は上っているぜ」

六助が横柄《おうへい》に言う。

「へえ」

時蔵は顔をしかめた。

「升吉がやって来たときのことだが」

六助が切り出す。

「佃町の女郎屋に行ったらしいが何ていう見世《みせ》だ？」

「『桔梗家《ききょうや》』です」

「敵娼《あいかた》は？」

「おさとでさ」

「『桔梗家』のおさとだな」

「そうです」

「よし、わかった。邪魔をした」

六助は土間を出た。

長屋を出て、富岡橋を渡り、富ヶ岡八幡宮の前にある佃町に向かった。

大島川《おおしまがわ》にかかる蓬莱橋《ほうらいばし》を渡って佃町にやって来た。小さな見世が並んでいる。今時分、引き上げる客もいて、女に見送られて男が出て来た。

「今、男が出てきた見世が『桔梗家』だ」

六助は言うやいなや足早に『桔梗家』に近づいた。白粉《おしろい》を厚く塗った顔の女が怪訝《けげん》そうにこっちを見ていた。

「俺っちは南町の神鳴り源蔵の手の者だ」

六助は偉ぶって言う。そんな六助を、竜吉は冷たい目で見る。

「おさとって女がいるか」

「おさとは私ですけど」

「おめえさんがおさとか」

白粉で皺を隠しているが三十は越えている大年増《おおどしま》だ。

「ちょっとききたいんだが、時蔵って男を知っているか」

「時蔵さんですか」

おさとは小首を傾《かし》げた。

「五日前の夜に来たはずだ。三十ぐらいの渋い顔立ちの男だ」

「ちょっといい男ね。そういえば時蔵って言っていたわ」

おさとは思いだしたように言う。

「馴染《なじ》みじゃないのか」

「違います。初めてのお客でしたよ」

「何刻ごろやってきたんだ？」

「確か、四つ（午後十時）ごろです」

「四つ？　そんな遅かったのか」

「はい」

「時蔵の様子はどうだった？」

「どうだったとは？」

「妙に興奮していたり、いらついていたりとか……」

「いえ、ふつうだったわ。何かあったんですか」

おさとが逆にきいた。

「たいしたことじゃねえ。ちょっと、確かめたいことがあっただけだ」

「そう……」

ふいにおさとは思いだしたように、

「そういえば、妙なことがあったわ」

「妙なこと？」

「ええ、着物の袖《そで》がずいぶん濡れていたの。どうしたのってきいたら、水をこぼしたと言っていたけど……」

「水をこぼした？」

「ええ。でも、ずいぶん濡れていたから水をこぼしたようには思えなかったわ」

「なんだと思ったんだ？」

「水の中に浸《つ》けたんじゃないかしら」

「水に浸けたってのはどういうことだ？」

六助が顔を突きだしてきく。

おさとは顔を背《そむ》けるように一歩下がって、

「洗ったんだと思ったわ。何かで汚しちゃったのよ」

「汚した？　なんで汚したんだ？」

六助がなおも迫った。

「知らないわ」

「きかなかったのか」

「きいたけど、何も答えなかったわ」

「濡れていたのはどのあたりですかえ」

やっと、竜吉が口をはさんだ。

「右の袖とお腹のあたりよ」

「その他に何か気付いたことはなかったかえ」

「胸にひっ掻《か》かれたような傷があったわ。爪でひっ掻かれたような跡よ」

「そうか」

竜吉は呻《うめ》くように言う。

「時蔵とどんな話をした？」

また六助がきく。

「当たり障《さわ》りのない話よ」

「何か気になるような話をしていなかったか」

「いえ」

「他には特に目立ったことはなかったんだね」

竜吉がきく。

「ええ。なかったわ。しいて言えば、明け方、あのひとすごくうなされていたわ」

「うなされていた？」

六助は厳しい顔になって、

「寝言は言っていなかったか」

「何か口にしたけど聞き取れなかったわ」

「そうか」

「あら、奥で呼んでいるわ。もう、いいかしら」

遣り手《や て》婆《ばばあ》だ。

「すまなかった」

六助が礼を言うと、おさとは急いで土間に入って行った。

『桔梗家』から離れて、六助が口にした。

「着物の汚れは返り血かもしれねえ」

六助は険《けわ》しい顔になって、

「升吉はすでに殺されてどこかに埋められているに違いねえ。時蔵を責めるか」

「でも、まだしょっぴくだけの証がねえ。それに、升吉が死んでいるのかどうかもわからないんだ」

竜吉は慎重を期した。

「だから、時蔵を締め上げるのだ。今のままじゃ、升吉は見つからねえぜ」

「そうだが……」

「いや、時蔵に間違いない。ともかく、親分に相談しよう」

「待て、俺はもう少し調べたいことがある」

「何を調べると言うんだ？」

「升吉のところにやってきた男だ。あの男が気になる」

「そんなの時蔵の口を割らせればすぐわかることだ」

「だが、その男がなぜ升吉に時蔵の住まいを教えたのだ？　まるで升吉を時蔵のもとに追いやったようだ」

「もしかしたら、時蔵に頼まれて升吉を誘《おび》き出したのかもしれねえ。いずれにしろ、升吉を殺したのは時蔵だ」

「待て。まだ、亡骸は見つかっていないんだ」

「まだそんなこと言っているのか。行方知れずになって何日経つと思っているんだ。可哀《かわい》そうだが、升吉は殺されている」

六助は言い切った。

永代橋を渡り、神鳴り源蔵と文太に会いに行く六助と別れ、竜吉は伊勢町の稲荷長屋に向かった。

長屋木戸を入ると、額に深い皺のある猿のような顔をした年寄りが路地にいた。おみねが喜助と呼んでいた。

竜吉に気付いて、喜助が近づいて来た。

「喜助とっつぁん」

「おや、俺の名を覚えたか。で、また何かききに来たのか」

「升吉さんのところにやって来た男のことが気になってね。喜助とっつぁんはその男を見てなかったんだな」

「見ちゃいねえが、後ろ姿は見たぜ」

「後ろ姿？」

「そうだ。升吉の家の戸が開いたので、出てみたんだ。そしたら、木戸に向かう後ろ姿が見えた」

「でも、昨日は帰るところを見てないって言っていたじゃねえか」

竜吉は当惑して言う。

「もうひとりの威張っている男にきかれたからだ。下っ端のくせして……」

喜助は皺だらけの顔を歪《ゆが》めた。

「そうだったのか。するってえと、顔は見ていないが、後ろ姿は見たんだな」

「そうだ」

「体つきは？」

「細身の男だ。遊び人ふうだったな」

「そうですか」

「で、どうだったんだ？　何かわかったのか」

「升吉さんは時蔵のところに行ったらしい。時蔵はすぐ追い返したと言っていた」

「やっぱり、時蔵って男のところに行ったのか」

喜助は顔をしかめた。

「時蔵はそう言っている」

「時蔵が升吉に何かしたんじゃねえのか」

「そうかもしれねえが、はっきりした証がねえんだ。なにしろ、肝心の升吉さんがどこにいるかわからないんで困っている」

「升吉は生きていると思うか」

喜助が声をひそめてきいた。

「わからない」

竜吉は首を横に振った。

「その顔つきじゃ、生きているとは思っちゃいねえな」

喜助は口許を歪めた。

「………」

「もう升吉は生きちゃいねえよ」

喜助は真顔になって、

「とっくに殺されてるに違いねえ」

と、吐き捨てた。

「まだ、そうだという証はないんだ」

竜吉は困惑して答える。

「まあ、いいやな。で、これからおみねさんのところに行くのか」

「そうなんだ。とっつぁん、いっしょに行ってくれるかえ」

竜吉はおもいついて誘った。

「ああ、いいぜ」

喜助は顔を綻《ほころ》ばせた。

「じゃあ」

と、竜吉は升吉の家の前に立った。

喜助が腰高障子を開けて、

「おみねさん、いるかえ」

と、声をかけた。

「はい」

中から返事があった。

竜吉は喜助といっしょに土間に入る。

「おかみさん。ちょっとお訊ねしたいことがありましてね」

竜吉は切り出す。

「なんでしょうか」

おみねは上がり框まで出てきてきく。

「升吉さんは深川万年町の閻魔長屋に時蔵を訪ねていました。ここに訪ねてきた男が時蔵の住まいを教えたのです。その男に心当たりはありませんか」

「いえ」

「その男の後ろ姿を喜助さんが見ているんです。喜助さん、すみませんが、その男の風体《ふうてい》を話してくださいませんか」

「ああ、いいぜ。細身の遊び人ふうの男だ。後ろ姿だから、歳はよくわからねえが、そんなにはいってねえ。動きはきびきびしていたから、三十前じゃねえか」

喜助の声を引き取って、

「どうだろうか。思い当たる男はいないかえ」

と、竜吉はきいた。

「どうも思い当たりません。うちのひとの知り合いで遊び人ふうの男だとしたら賭場で知り合った男かもしれません」

「なるほど、それも考えられますね。賭場で知り合った男に、時蔵の住まいを探させたってわけかもしれませんね」

竜吉はそう考えてから、

「賭場がどこかわからないでしょうね」

と、おみねにきいた。

「そういえば、浜町堀にある大名の下屋敷の中間《ちゅうげん》部屋だと言ってましたが、どこのお屋敷かわかりません」

「そうですか」

「あの、うちのひと、どうなったのでしょうか。もしかして、もうこの世に……」

おみねは声を震わせた。

「まだそう決めつけるのは早いですぜ。なんらかのわけがあって姿を消しているのかもしれねえ」

「でも、もう五日だ。ふつうじゃねえ」

喜助が横合いから言う。

「おみねさん、酷《こく》な言い方かもしれねえが、覚悟をしておいたほうがいい」

「はい」

おみねは俯いた。

まだ、生きている望みはある。そう言おうとしたが、気休めにしかならないと思い、

「じゃあ、何かあったらまた来ます」

と言い、竜吉は外に出た。

「喜助とっつぁん、すまなかったな」

いっしょに出て来た喜助に言う。

「なあに、いいってことよ」

竜吉は喜助と別れ、長屋木戸を出て行った。

四

夕方、竜吉は鉄砲町の文太の家に行った。

ちょうど文太も帰宅したところで、家の前でばったり会った。

「親分、六助は？」

「会わなかったか。六助は時蔵を見張りに行った」

「時蔵の見張りですか」

「時蔵をしょっぴいて締め上げれば白状すると、六助は息巻いていたが、神鳴りの旦那がまだ証が不十分だと言ってな。ただ、時蔵が升吉を殺して亡骸をどこかに隠していたら、目をつけられたと思った時蔵は気になって隠し場所の様子を見に行くかもしれないと旦那が言ったんだ。そしたら、さっそく時蔵を見張ると、六助は出て行った」

「そうですかえ」

「六助の奴、ずいぶん張り切っていやがる」

文太は苦笑した。

「そうですかえ」

あからさまに、六助は文太の後釜を狙いにいっているのだと思った。

「竜吉、上がっていけ」

「いえ、六助の様子を見てきます」

竜吉は文太の家を飛び出した。

半刻（一時間）後、竜吉は万年町にやって来た。辺りはすっかり暗くなっていたが、時折、雲の切れ間から月明かりが射《さ》した。

どこに六助がいるかわからないので注意深く長屋に向かうと、

「竜吉」

と、声が聞こえた。

竜吉はすぐに声が聞こえた下駄《げた》屋の脇の路地に行った。

六助が路地に身を隠していた。

「親分から聞いた」

竜吉は答える。

「そうか。まだ、時蔵は出てこねえ」

六助は長屋木戸に目を向けて言う。

「時蔵はいるのか」

とうに出かけたかもしれないと思ってきいた。

「いる。さっき、確かめた」

「確かめた？」

「会ってきた。今はまだ亡骸が見つからないから安心しているが、何度も顔を出せば、時蔵も不安になってくるはずだ。亡骸が見つかっていないか確かめに行く」

「そんなうまくいくとは思えねえが」

「亡骸が見つかったら、神鳴り源蔵もお出ましになると脅《おど》しておいた。そうなったら、おしまいだと時蔵はわかっているのだ。必ず動くぜ」

六助は自信ありげに言う。

「ずいぶん張り切っているな」

「人殺しをいつまでも野放しにしておくわけにはいかねえ」

文太親分の後釜を狙っているんだろうと言いかけたが、竜吉は喉元《のどもと》で抑えた。妬《ねた》んでいると思われかねない。

「誰か出てきた」

六助が目を凝《こ》らした。

「時蔵だ」

六助が身を屈《かが》めた。竜吉も暗がりに身を隠す。

時蔵がふたりの前を素通りした。ふたりはあとをつけた。

月は雲に隠れ、辺りは暗くなっていた。時蔵は仙台堀《せんだいぼり》のほうに向かった。右手に寺が並んでいる。その中のひとつ、海福寺《かいふくじ》の前でふと立ちどまり、時蔵が振り返った。

あわててふたりは暗がりに身を隠した。

時蔵は辺りを見まわして山門に入って行った。ふたりは暗がりに身を隠しながら山門に近づく。

中を覗《のぞ》くと、黒い影が本堂のほうに向かった。

時蔵は本堂の裏に行く。ふたりも遅れて本堂の裏に行く。

墓地だ。その横の木が生《お》い茂った中に時蔵は入って行った。

「近づくのは無理だな」

寺の裏手は堀で、木の生い茂った先は行き止まりだ。

しばらくして、時蔵が戻ってきた。

墓石の陰に隠れて、時蔵をやり過ごす。

時蔵が本堂の横から山門に向かったのを確かめて、ふたりは飛び出した。

木立《こだち》の中は真っ暗だ。六助は火縄を用意していた。火を点《つ》け、赤く光った明かりで周囲を照らす。

そのわずかな明かりを頼りに土を見て行く。掘り返された跡を探すが、そのような形跡はなかった。

木の後ろなどを探したが見当たらない。

「おかしいな」

六助は顔をしかめた。

「こう暗くちゃ無理だ。明日、明るくなってからもう一度、探そう」

竜吉が言う。

未練がましく這《は》いつくばって穴の跡を探していたが、

「だめだ」

と、六助は諦《あきら》めて立ち上がった。

雲間から月明かりが射し、竜吉はもう一度、辺りを見まわして立ち去ろうとした。

そのとき、崩れかけた塀の近くに少しへこんだ場所を見つけた。

竜吉はなんとなく気になった。

先に行きかけた六助が振り返って、

「どうしたんだ？」

と、きいた。

「あそこ」

竜吉は指を差す。

「あそこ？」

「塀の手前だ、少しへこんでねえか」

「ああ、確かにな。だが、埋めたなら土が盛り上がっているはずだ」

「そうだが……」

竜吉は確信が持てなかったが、

「ちょっと待ってくれ」

と、塀の傍《そば》まで走った。

「待てよ」

六助も追いかけてきた。

へこんだ場所にやってきた。月明かりが石ころが積まれている場所を照らしていた。石ころがあるのはそこだけだ。

「井戸の跡では……」

竜吉が思い付いて呟く。

「この中だ」

突如、六助が叫んだ。

「升吉は古井戸に捨てられたんだ」

そう言い、六助が腰を屈めて石をどけはじめた。竜吉も石を片づけ出した。

「かなりあるな」

一つずつどけながら、六助がため息をつく。

月が雲に隠れ、手元が暗くなった。

「ああ、疲れる」

竜吉は汗が流れてきた。

「やっ」

六助が叫んだ。

「布の切れ端みたいだ」

「よし」

ふたりで夢中で、石をどかしていった。

だいぶ石をどけた。突如、腕のようなものが現れた。

さらに石をどけていき、顔の部分が現れたのと同時に雲間から月明かりが射した。

竜吉は思わず悲鳴を上げそうになった。

「升吉だろうか」

竜吉は手を合わせた。

「竜吉、ここにいろ。自身番に知らせて来る」

「わかった」

六助は駆けて行った。

五

翌朝、神鳴り源蔵と文太を伴《ともな》い、竜吉と六助は閻魔長屋の木戸をくぐり、時蔵の家の前に立った。

六助は腰高障子に手をかけた。

「時蔵、いるか」

そう言いながら戸を開けた。

時蔵がふとんから起き出してきた。

「なんですね、こんな朝っぱらから」

「もうお天道様はとっくに上っている」

「あっしにはまだ夜明け前だ」

時蔵はあくびをかみ殺した。

「時蔵。升吉の亡骸が見つかったぜ」

「……」

「どうした、何とか言ったらどうだ」

六助は一喝《いっかつ》した。

「何のことかわからねえ」

時蔵はとぼける。

「やい、時蔵。てめえ、昨夜《ゆうべ》ここを出てどこに行った?」

「あっしは呑みに……」

「おめえ、俺たちがあとをつけたのに気付かなかったのか」

「えっ?」

「そこまでだ」

文太が土間に入ってきた。

「時蔵、あとの話は自身番できこう」

「自身番ですって」

時蔵は憤然とした。

「なぜ、あっしが……」

「まだ、とぼけやがるのか」

六助は呆れたように、

「てめえが升吉を殺し、古井戸に埋めたことはお見通しだ。観念するんだな」

「知らねえ」

そこにぬっと神鳴り源蔵が顔を出した。

「言い訳は自身番できいてやる」

と、言った。

「……」

時蔵は肩をすぼめた。

「おい、しょっぴけ」

文太が言う。

「へい」

六助が部屋に上がり込む前に、

「待ってくれ。着替えさせてくれ」

と、時蔵が訴えた。

「よし、早くしろ」

六助が睨んでいる前で、時蔵は壁にかけてあった茶の格子縞《こうしじま》の着物に着替えた。

「じゃあ、行くぜ」

六助が時蔵を急《せ》かした。

土間を出た時蔵は長屋の連中に、

「すぐ帰ってくる」

と、訴えるように言う。

そのまま近くの自身番に行ったが、自身番には入らなかった。

「六助、縄をかけろ」

文太が命じた。

「へい」

「親分、自身番には？」

竜吉はきいた。

「下手人の疑いが濃い。大番屋に連れて行く。長屋でお縄にしなかったのはせめてもの温情だ」

文太が言う。

「竜吉」

源蔵が声をかけた。

「どうしたんだ？　何か引っかかるのか」

「いえ、なんでもありません」

竜吉は源蔵に答えた。

自分でもよくわからないのだ。時蔵の仕業《しわざ》に間違いないと思いながらも、わだかまりが消えないのだ。ひょっとしたら、六助が自分ひとりで時蔵を追い詰めたように振る舞っていることへの反発かもしれなかった。

「思っていることがあるなら言ってみろ」

「いえ、なんでもありません」

竜吉は気づかれぬようにため息をついた。俺は六助に嫉妬しているのかもしれない。

六助は縛り上げた時蔵の縄尻をとって油堀川沿いを進んだ。

表南茅場町《おもてみなみかやばちょう》の大番屋にやって来た。

時蔵の縄を解《ほど》いてやってから、土間に敷いた筵《むしろ》の上に座らせ、源蔵が取り調べをはじめた。

「時蔵、そなたは室町三丁目の浮世小路にある料理屋『百川』の女中おみねを知っているか」

「へい。知ってます」

時蔵は畏《かしこ》まって答える。

「なぜ、知っているんだ？」

「おみねが『百川』から帰るとき、たまたま見かけ、声をかけたんです」

「なぜ、声をかけたのだ？」

「いい女だったので」

「誘ったのか」

「へい」

「おみねはどうした？」

「断られました」

「しかし、それでもめげずにおみねを待ち伏せたのか」

「ええ、まあ」

「おみねに亭主がいることを知っていたか」

「あとで知りました」

「どう思ったんだ？」

「亭主がいるから、俺と付き合えないのかと……」

文太が時蔵の顔を睨み付け、

「それで、亭主さえいなくなればと思ったのか」

と、問い詰めた。

「そんなこと……」

時蔵は首を横に振る。

「六日の夜、升吉がおめえに会いにきたそうだな」

文太が問いかけを続けた。

「へい」

「升吉は何しにきたのだ？」

「おみねと別れてくれと。俺は知らねえと言い合いになって……」

「それで殺したのか」

「殺しちゃいねえ。長屋からつまみ出しただけだ」

「升吉はおとなしく引き上げたのか」

「そうです」

「それは何刻だ？」

「六つ半（午後七時）ごろです」

「升吉はそれきり長屋に帰っていないんだ」

「知りません」

「升吉をつまみ出したあと、おめえはどこに行ったんだ？」

「佃町の女郎屋です」

「何ていう見世だ？」

「確か『桔梗家』でした」

「敵娼は？」

「おさとって女でした」

「『桔梗家』には何刻ごろ行ったんだ？」

「五つ（午後八時）前でした」

「妙だな」

文太がわざとらしく言う。

「………」

時蔵が不安そうな顔をした。

「おさとはおめえがやって来たのは四つ（午後十時）ごろだと言っていた」

「そんなはずねえ。おさとって女が勘違いしているんだ」

「おさとはおめえの前に別の客の相手をしていたんだ」

「……」

「それから、おさとはおめえの着物が濡れていたと言っている。なぜだ？」

「水を飲むとき、柄杓《ひしゃく》が……」

「やい、時蔵。さっきからいい加減なことばかり言いやがって」

文太が語気を荒らげた。

「升吉を海福寺の古井戸まで誘《おび》き出して殺し、亡骸を古井戸に埋めたのだ。そのとき、着物が汚れた、いや返り血もついていたのかもしれない。それをどこかで洗ってから『桔梗家』に行ったのだ」

「海福寺なんて知らねえ」

「じゃあ、昨夜どこに行ったんだ？」

「昨夜は長屋にいた」

「やい、時蔵」

六助が横合いから口をはさんだ。

「俺はおめえのあとをつけたんだ。しらばっくれてもだめだ」

「……」

「海福寺に何しに行ったんだ？　埋めた亡骸が掘り返されたのではないかと心配になって様子を見に行ったのではないのか」

文太がきく。

「違う。あれは……」

「あれはなんだ？」

「誰かに誘き出されたんだ」

「誘き出されただと？　いい加減なことを言うな」

六助が時蔵の襟元を摑《つか》んだ。

「苦しい、やめてくれ。俺は何もやっちゃいねえ」

時蔵が吐き捨てる。

「なんであんな場所に誘き出されたんだ？　怪しいと思わなかったのか」

文太がきく。

「思った。だから、すぐ引き上げたんだ」

「誰が何のために？」

「わからねえ。だが、俺を升吉殺しの下手人に仕立てたい者がいるのかもしれねえ」

「誰だ?」

「わからねえ」

「おめえをおとしいれようとしたんだ。おめえを恨んでいる者に違いねえ。心当たりがあるはずだ?」

「……」

「どうした? おめえを罠《わな》にはめた相手だ。心当たりはねえのか」

「升吉殺しの疑いが自分にかからないように、たまたま疑われた俺を……」

時蔵は言い訳のように言う。

「だったら、亡骸が見つからなかったほうがよかったはずだ。そんな小細工《こざいく》をしないほうが、本人は無事なはずだ」

文太は顔を突き付け、

「じたばたしても無駄だ」

「時蔵」

源蔵が口をはさんだ。

「俺の目を見ろ」

源蔵が鋭い眼光で睨み据える。

時蔵は怯《おび》えたように顔を向ける。

「やましいことがなければ目を背《そむ》けるな」

源蔵が一喝《いっかつ》する。

時蔵は源蔵を見つめ返す。

「升吉を殺したのは誰だ？　俺の目を見て答えろ。どうなんだ？」

「……」

「目をそらすな」

源蔵が怒鳴ったが、時蔵は俯いた。

「時蔵、どうなんだ？」

「恐れ入りやした」

時蔵ががくっと肩を落とした。

「升吉をやったことを認めるのか」

「へえ」

時蔵は俯いたまま頷く。

「よし」

文太は満足そうに頷き、六助も笑みを浮かべた。

そんなふたりを、時蔵は上目づかいに見た。次の瞬間、時蔵が微かに含み笑いをしたように見え、竜吉は目を見開いた。

一瞬だったので、時蔵の含み笑いに誰も気付いていなかった。見間違いかと思うほどだった。

「親分」

竜吉は文太に呼びかけた。

「もう少し調べたほうがいいような気がするんですが」、

竜吉は奥の仮牢に引き立てられて行く時蔵を見送りながら口にした。

「何か引っかかるのか」

源蔵が聞き咎《とが》めてきいた。

「へえ。うまく言えないのですが……」

「竜吉」

文太が顔を向け、

「おめえは時蔵じゃねえと言うのか」

「いえ、時蔵に違いねえ」

「じゃあ、何を気にしているんだ？」

「それは……」

「吟味の席で、時蔵がやっていないと言いだしたって、これだけの証があれば言い逃《のが》れは出来ねえよ」

文太が諭すように言う。

「そうだ。竜吉、おめえどうかしているぜ」

六助が鼻で笑い、

「ちょっと来い」

と、竜吉の腕を摑んで大番屋を出た。

日本橋川の川っぷちに出て、

「竜吉」

と、六助が振り返った。

「なんだ、こんなところまで連れてきて」

「おめえ。まさか、俺が手柄を立てたことが面白くねえって言うんじゃないだろうな」

六助が厭味《いやみ》ったらしく言う。

「おめえの手柄なのか」

竜吉は憤然と言う。

「そうよ。俺が時蔵を追い詰めたようなもんだ。そのことが気に入らずに、難癖つけているとしか思えねえ」

「ばかな」

竜吉は呆れて、

「そんなんじゃねえ。それに、おめえひとりの手柄だとは俺は思っちゃいねえ」

「それ、本音が出たな。やっぱり、手柄を気にしてやがる」

「六助、よく考えてみろ」

竜吉は続ける。

「升吉に時蔵の住まいを教えに来た男が誰かわかっちゃいねえんだ」

「そんなの、瑣末《さまつ》なことだ」

六助は一笑に付す。

「それに俺が気になるのは、どうして時蔵はわざわざ古井戸に行ったんだ」

「死体が掘り返されてねえか、心配だからに決まっているじゃねえか」

「古井戸には石ころが積まれていたんだ。野犬に掘り起こされる恐れはねえ」

「それはおめえが人殺しじゃねえから言えることだ。時蔵にしたら、俺たちが現れて、毎日びくついていたはずだ。自分を安心させるために、隠し場所に様子を見に行ったんだ」

六助は勝ち誇ったように、

「おめえのように優柔不断じゃ、下手人はなかなか捕まえられねえぜ。やっ、神鳴りの旦那が出てきた」

大番屋から文太も出てきた。

ふたりは文太のところに行った。

「おみねと閻魔長屋の時蔵と親しい者を呼びに行く。大家も同道だ。それぞれ話を聞いた上で、旦那は入牢証文をもらいに行くそうだ」

「わかりました」

ふたりは同時に答え、文太といっしょにおみねのところに向かった。

六助は張り切っていた。が、竜吉は気が弾《はず》まなかった。六助への嫉妬からだろうか。そうじゃねえ。思わず、そう叫びそうになりながら、竜吉は文太と六助の一歩後ろに下がってついて行った。

第二章　謹慎

一

時蔵が小伝馬町《こでんまちょう》の牢送りになった三日後の朝、米沢町《よねざわちょう》にある一軒家に文太と六助とともに、竜吉は駆けつけた。

上がり口に町役人がいた。

「親分さん。ごくろうさまです」

鬢《びん》に白いものが目立つ町役人が待ちかねたように出迎えた。

「こちらです」

「うむ」

町役人が案内する。

隣部屋との襖《ふすま》が開いていて、ふとんに倒れている男と女が見えた。男は三十半《なか》ば、女は二十歳ぐらいだ。

ふたりとも袈裟懸《けさが》けに斬られていた。

「殺されたのは昨夜《ゆうべ》だな」

文太がホトケを見て言う。

「はい。今朝《けさ》、通いの婆さんが亡骸を見つけて自身番に駆け込んできたのです」

「ふたりは夫婦《めおと》か」

文太が町役人にきく。

「はい。材木の仲買人の喜久三《きくぞう》とかみさんのおせんです。通いの婆さんは向こうの部屋にいます」

「あとで会おう」

文太はもう一度、ホトケを見た。六助もいっしょになってホトケを覗いている。

「親分、男は胸の辺りも刺されてますぜ。心ノ臓を狙って止《とど》めを刺したんですね。男に強い恨みがあったんですかねえ」

「女のほうは喉の辺りから斬られている。止めを刺すまでもなかったんじゃねえのか」

竜吉は口をはさむ。

「即死かどうかわからねえんだ。女にも恨みがあれば心ノ臓を刺すんじゃねえのか」

六助は反論する。

「止めを刺すのは何も恨みだけとは限らねえ」

竜吉は言い返す。

「じゃあ、なんだって言うんだ？」

「やめねえか」

文太がたしなめる。

「へえ」

ふたりとも頭を下げた。

戸口のほうが騒がしくなった。やがて、神鳴り源蔵がやって来た。

「旦那、こっちです」

文太が迎えに出た。

源蔵はホトケの前に行き、しゃがんで合掌してから検《あらた》めた。

「見事な斬り口だ」

源蔵が言う。

「男のほうは心ノ臓に止めを刺してますぜ」

文太が言う。

「恨みが強かったんじゃないですかえ」

六助が口を出した。

「恨みならもっと切り刻んでいるだろう。恨みじゃねえな」

「でも……」

六助は何か言おうとしたが、言葉は続かなかった。竜吉をちらっと見やり、悔しそうに顔をしかめた。

「恨みじゃねえが、明確に息の根を止めようとしている。この男を殺さねばならないわけがあったのだろう」

源蔵は立ち上がり、

「この男の仕事は？」

「材木の仲買人の喜久三とかみさんのおせんだそうです。向こうの部屋に、亡骸を見つけた通いの婆さんがいるそうです」

「よし、会ってみよう」

源蔵は通いの婆さんのところに行った。竜吉もついて行く。

婆さんは目をつぶって手を合わせ、ぶつぶつ言っていた。南無阿弥陀仏《なむあみだぶつ》と聞こえた。

「婆さん」

文太が声をかける。

「婆さん」

何度か声をかけ、やっと婆さんは目を開けた。

「どうした、だいじょうぶか」

文太が声をかける。

「はい」

まだ虚《うつ》ろな目だ。

「婆さんはいつからこの家で働いているんだ?」

文太が質問を続ける。

「半年前からです」

「旦那は喜久三というんだな」

「はい」

「材木の仲買人ということだが？」

「そうです」

「客はよく来るのか」

「来ます」

「どんな客だ？」

「同業者や材木問屋の番頭さんなんかです」

「夫婦は誰かに恨まれているようなことはないか」

「さあ、そこまではわかりません」

「最近、誰かと揉めていたようなことは？」

「ないと思いますけど」

「昨夜は何刻ごろ引き上げたんだね」

「夕餉《ゆうげ》の支度《したく》をしてからですので六つ半（午後七時）前です」

「そんとき、喜久三夫婦に変わったことは？」

「いえ、なにも」

婆さんは首を横に振った。

「何か盗まれたものがあるかどうかわかるか」

「家の物は触りもしないので、何があるのか知りません。ただ、最近、金回りがいいようでしたから、かなり金があったと思いますけど」

「金回りがいいって、どうしてわかるんだ？」

「うなぎの出前をとったりしてました」

「商売がうまくいっていたのか」

「そのようです」

「喜久三はどんな男だった？」

「顔はふくよかで人当たりがいいみたいですが、案外と冷酷な感じです。おかみさんと、同業者の悪口を平気で言っています」

「悪口で出てくる同業者の名前は覚えていないか」

「何人かいましたけど、よく話に出ていたのは、確か久米吉《くめきち》……」

「久米吉だな。家はどこかわかるか」

「横山町《よこやまちょう》だそうです」

「横山町か」

文太は頷く。久米吉にきけば商売のことはある程度わかりそうだ。仲がよくない相手なら、なんでも喋ってくれるに違いないと、竜吉は思った。

「婆さんがやって来た頃から喜久三は金回りがよかったか」

源蔵がはじめて口を開いた。

「いえ、うなぎの出前をとるようになったのはここひと月ぐらいです」

「それまでは、そんな贅沢《ぜいたく》はしていなかったんだな」

「そうです。どちらかといえば、慎《つつ》ましやかでした」

「すると、このひと月のうちに、喜久三に何かいいことがあったというわけか」

源蔵は言ってから、

「婆さん。夫婦が金をどこに仕舞っていたかわかるか」

「おかみさんは小銭箱からいつもお金を出してました。でも、百両箱が居間に置いてあるのを見たことがあります」

「よし、居間を確かめよう。婆さん、すまないが立ち合ってくれ」

源蔵は婆さんをともない居間に行った。

神棚があり、長火鉢がある。文太に言われ、六助が長火鉢の後ろの扉を開けた。行灯やら煙草盆などと混じって百両箱があった。

六助がそれを取りだし、文太に渡した。

「軽いな」

文太は蓋《ふた》を開けた。

空《から》だった。

「やはり、金目当てだったのでしょうね。金を持っていることを知っていて、押し入ったんじゃないですか」

六助が出しゃばって言う。

「殺しが狙いで、金は行きがけの駄賃ってことも考えられますね」

竜吉はわざと反対の意見を言う。

六助が竜吉を見た。

「わざわざ殺すために押し入ったと言うのか」

六助が言い返す。

「よせ」

文太が一喝する。

「いずれにしろ、金があることを知っていたんだ。どうして知っていたのか、その辺りから何か摑めるかもしれぬ。まず、喜久三の金回りがよかった事情を探るんだ。商売での儲《もう》けなら同業者がわかるだろう」

源蔵が文太に言った。

「わかりやした。おい、六助に竜吉」

文太がふたりを呼ぶと、すかさず六助が、

「親分。あっしひとりで十分だ」

と、またもしゃしゃり出た。

「よし。じゃあ、六助は同じ仲買人を当たれ。竜吉は……」

文太は竜吉の顔を見て声が止まった。何をやらすか、とっさに思いうかばなかったようだ。

「竜吉。何をやればいいか、自分で探せ。ただし、六助の探索とかぶるな」

源蔵が口を出した。

「自分で……」

竜吉は呟く。

六助はにんまりして、

「じゃあ、あっしはさっそく喜久三が悪口を言っていたという久米吉に会ってきます」

「いいだろう」

「じゃあ」

六助は出て行った。

「竜吉。おめえは何か思うことがあるんだろう?」

源蔵がきく。

「へえ。あっしは商売での儲けとは思えません。百両箱にいくら入っていたかわかりませんが、婆さんの話だと金回りがよくなったのはこのひと月ぐらい。そのわずかな間で、まとまった金が入ってくるとは思えません」

「何か後ろめたい金ということだな」

「へえ」

「いいだろう、やってみろ」

源蔵が勧めた。

「でも、まだどこから手をつけていいかわかりません」

「女を調べてみろ」

「かみさんのおせんですか」

「そうだ。おせんまで殺されているのだ。喜久三だけ殺すならひとりのときを狙えばいい。だが、ふたりがいっしょのところを、あえて襲ったとも考えられる」

「なるほど」

竜吉は合点《がてん》した。

「わかりやした。おせんの素性から調べてみます」

「ただし、わかったことは必ず文太に知らせるのだ、いいな」

「へい」

「竜吉。おめえ、六助と何かあったのか」

文太が眉根を寄せてきく。

「いえ、なんにもありません」

「そうは見えねえ。なんだかいがみ合っているようだ」

「いえ、そうじゃありません」

再び、外が騒々しくなった。検死与力がやって来たようだ。

「親分。では、あっしもさっそく」

そう言い、竜吉は隣の部屋に控えていた通いの婆さんのところに行き、

「婆さん。おかみさんは所帯を持つ前は何をしていたか知らないかえ」

「なんでも、どこかの材木問屋で女中をしていたそうです」

「どこの材木問屋かは知らねえか」

「いえ、知りません」

「そうか、わかった」

竜吉は源蔵が検死与力になにやら説明している脇をすり抜けて、外に出た。

竜吉は横山町にある仲買人の久米吉の家に向かった。二度ほどひとに訊ねて、ようやく仲買業の看板を出している家を見つけた。

その家の前に来て、竜吉はあわてて路地に隠れた。

六助が出てきた。難しい顔をしていたのは手掛かりが得られなかったのだろう。

六助が遠ざかってから、竜吉は戸を開けた。

部屋に男が立っていた。三十半ばの鼻の大きな男だ。

「すまねえ、久米吉さんだね」

「そうだが」

「あっしは南町の神鳴り源蔵の手の者で、竜吉と言います」

「じゃあ、今引き上げた……」

「へい、六助の仲間です」

「そうかえ。で、なんだね」

「喜久三のことはおききになったと思いますが？」

「殺されたんだってな。驚いたぜ」

「喜久三が殺されたことで、何か心当たりは？」

「ないな。六助ってひとにも言ったけど、殺されたときいてびっくりしているんだ」

「金を持っていたようですが？」

「うむ。確かに、最近羽振りがよかった」

「仲買の仕事で？」

「そうだろう。かなり忙しそうだった」

「忙しい？　仕事はたくさんあったんですかえ」

「材木問屋『飛騨屋』の依頼で、秋田杉《あきたすぎ》の手配もしていたようだ」

「秋田杉？」

「どうやら『飛騨屋』は材木をたくさん買いつけているようなんだ。木曽《きそ》や飛騨の山元だけでなく秋田杉のほうにも手を伸ばしている」

「なるほど。それで実入りがよくなっていたんですね」

「だけどな」

久米吉は首を傾げた。

「なんですかえ」

「そんなに儲かるものなのかと、不思議でならねえんだ。奴はかみさんと料理屋で散財していたしな」

「そのかみさんのおせんですが、材木問屋で女中をしていたそうですが、どこの材木問屋かわかりますか」

「『飛騨屋』だ」

「なるほど。それで、喜久三と親しくなったってわけですね」

「そうだ」

「喜久三がひとから恨まれているようなことは？」

「好きだという者もいないが、殺したいほど嫌いだっていう者もいないと思うが……」

久米吉は顎に手をやり、

「待てよ」

と、目を細めた。

「二年前、三好町《みよしちょう》の材木問屋『美濃屋《みのや》』がつぶれたんだ」

「材木問屋がつぶれた？」

「ある武家屋敷の普請のために多くの材木を木曽から仕入れた。ところが、急に武家屋敷の普請が取りやめになった。それで大損をして『美濃屋』はいっきに傾《かたむ》いたってわけだ」

「なぜ、普請が取りやめになったんですかえ」

「わからねえ」

「そうですか。で、その件に喜久三が絡《から》んでいるのですかえ」

「絡んでいるというより、もともと、喜久三は『美濃屋』の奉公人だったのだ。『美濃屋』がだめになったあと、喜久三は仲買人になったんだ」

「そうだったんですか」

竜吉はその経緯《いきさつ》に何かありそうな気がした。

「で、どういう成り行きで、喜久三は『飛驒屋』と結びついたんでしょうか」

「そのことは当てずっぽうになっちまうから、そっちで調べたほうがいいな」

久米吉は意味ありげに言う。

「そうですか」

竜吉は素直に下がった。

「ところで、久米吉さんは喜久三をどう思っていましたか」

「俺は好きじゃなかったな。まあ、商売敵でもあるからな」

久米吉は苦笑した。

「おせんはいかがですかえ」

「おせん？」

「ええ、誰かに恨まれては？」

「そんなことはないはずだ」

「そうですか。喜久三もおせんも殺されるようなわけはないということですね」

「そうだ」

「おせんのことを詳しく知りたいのですが、誰かいますかねえ」

「『飛驒屋』の朋輩《ほうばい》だろうな」

「『飛驒屋』は深川ですね」

「入船町《いりふねちょう》だ」

「わかりました」

「あの六助って男。あんたの朋輩か」

久米吉が突然言いだした。

「そうです」

「ずいぶん横柄だな。あれじゃ、きかれても話す気にもなれねえ」

久米吉は顔を歪めた。

「じゃあ、喜久三が『美濃屋』の奉公人だったことは？」

「話しちゃいねえ」

「そうですか。邪魔しました」

竜吉は礼を言って辞去した。

六助のやろう、やはり最近は何か勘違いしているようだ。神鳴り源蔵の手下と名乗れば、相手はへいこらする。

一度、強く言ってやらねばならないと思いながらも、きっと猛反発してくるだろうことを考えて、竜吉は気が重くなった。

二

竜吉は仲買人の久米吉の家を出てから新大橋《しんおおはし》を渡り、深川に行った。

門前仲町を過ぎ、富ケ岡八幡宮の前を通って入船町の『飛驒屋』にやって来た。

近くにある堀では川並《かわなみ》が筏《いかだ》を操《あやつ》っていた。店のそばは材木置場だ。

女中に用があるのだから正面から乗り込むより裏口にまわったほうがいいと思い、

間口の広い戸口の前を過ぎ、路地に入って裏にまわった。

ちょうど荷を背負《せお》った小間物屋が裏口から出て来たところだった。竜吉は迷わず声をかけた。

「呼び止めてすまねえ。俺は鉄砲町の文太の手下で竜吉っていうもんだ。今まで女中を相手に商売をしてきたのだな」

「はい、さようで」

竜吉と同い年ぐらいの小間物屋が答える。

「すまねえが、もう一度中に入って、女中頭《がしら》を呼んで来てもらえねえか。半年前までいたおせんっていう女中のことで話をききたいと言ってな」

「わかりました」

小間物屋は素直に応じ、再び裏口に入った。

しばらくして、小間物屋に続いて三十過ぎと思える女が出てきた。

「女中頭のおまささんです」

小間物屋が言う。

「すまなかったな。助かったぜ」

「いえ。では、私は」

小間物屋が去っていってから、

「鉄砲町の文太の手下で竜吉だ。おまえさん、『飛騨屋』には長いのかえ」

「はい。かれこれ十年になります」

「ほう、そうかえ」

「おせんのことだそうですが」

「うむ。おせんは『飛騨屋』の女中だったそうだね」

「ええ、半年前に辞めましたが」

「どのくらいここにいたんだえ」

「五、六年だと思います。あの、おせんがどうかしたのでしょうか」

おまさは訝《いぶか》しげにきく。

「おせんは死んだ」

「えっ？　今なんて……」

おまさは小首を傾げた。

「おせんと亭主の喜久三が昨夜、家に押し入った賊に斬られて死んだ」

「……」

おまさは口を半開きにしたまま竜吉を睨み付けていた。やがて、頰の辺りが痙攣《けいれん》してきた。

「ほんとうですか」

やっとおまさは口を開いた。

「残念ながら、ほんとうだ。そのことでやって来たんだ」

「…………」

「おせんはどんな女でしたね」

竜吉は改めてきいた。

「少し仕事にむらがありましたけど、かわいい顔をしていたんで、皆から可愛《かわい》がられていました」

「むらっけか。そんなことからひとから恨まれるようなことはなかったのかえ」

「ええ、ひとから恨まれるなんて」

「おせんに言い寄る奉公人もいたんだろうな」

「そうですね。でも、奉公人同士の色恋沙汰は御法度《ごはっと》でしたから」

「出入りの店の者なんかとはいいのか」

「いえ、それもだめです」

「でも、仲買人の喜久三との仲はどうなっているんだ？」

「いつの間にか出来ちゃったみたいで」

「旦那の逆鱗《げきりん》に触れなかったのか」

「ええ。あっさり許しが出たみたいで」

「なぜなんだろう？」

「旦那は喜久三さんを信頼していましたから」

「そうか」

竜吉は頷いたが、

「ふたりのことを皆どう思ったんだ。中には面白く思わない者だっていたんじゃないか」

「おせんが嫁に行って、がっかりした奉公人もいました。でも、恨むようなひとはいません」

おまさは答えてから、

「いったい誰がおせんを？」

と、逆にきいた。

「まだ、わからねえ」

竜吉は首を横に振ってから、

「喜久三はときたま『飛騨屋』に来ていたのだな」

「はい、来ていました。一度、お店で顔を合わせたとき、おせんさんはお元気ですかって声をかけたことがあります。元気だという返事でした」

「喜久三は以前は『美濃屋』の奉公人だったそうだな」

「そのようですね」

「『飛騨屋』の旦那は、仲買人になったとはいえ喜久三が出入りをするのを、よく許したな。『美濃屋』の奉公人だったことは知っていたんだろう?」

「仕事が出来るからではないんですか」

「そんなに仕事が出来たのかえ」

「だと思いますけど。旦那が結構可愛がっていましたから」

「そうか……」

竜吉は応じてから、

「ふたりが殺されたことで何か思い当たることはないかえ」

と、改めてきいた。

「金目当てじゃないんですか」

「そんなに金を持っていたのか」

「ええ。だいぶいい暮らしをしていると聞いてました」

「なぜ、そんなにいい暮らしが出来たのだ？」

「喜久三さんに甲斐性《かいしょう》があったからでしょう。だから、おせんが所帯を持つ気になったのも喜久三さんに稼ぎがあるからでしょう」

おまさは店のほうを気にしだした。

「よく、わかった。礼を言うぜ」

「早く、下手人を捕まえてくださいな」

「わかったぜ」

礼を言い、竜吉は入船町から三好町に向かった。

二年前につぶれたという『美濃屋』の跡に行ってみると、材木置場になっていた。


その夜、竜吉は文太と六助とともに八丁堀の源蔵の屋敷に行った。

妻女の静江《しずえ》が出てきて挨拶《あいさつ》をした。

静江は瀬川段四郎《せがわだんしろう》という与力の娘で、八丁堀小町といわれた美女である。いかつい顔の源蔵とは不釣り合いだ。どうして、静江ほどの女があんな源蔵の妻に、というのが八丁堀の七不思議のひとつだという者が多いが、竜吉は源蔵には男の色気があると思っている。静江はそこに惚れたのに違いないと勝手に想像している。

静江が出て行ってから、源蔵が口を開いた。

「じゃあ、聞こうか」

「六助から」

文太が六助を促《うなが》す。

「へい」

六助は心持ち、膝を詰め、

「仲買人仲間を当たってきましたが、喜久三はどうしてあんなにいい暮らしが出来るのかが信じられねえと言ってました」

と、切り出した。

「つまり、そんなに大きな仕事をしているわけではなく、仲買人としての腕も並だということです」

竜吉が聞いてきた喜久三の印象と少し違うようだ。だが、竜吉が聞いたのは女中のおまさからだけだ。

仲間うちの評判のほうが当たっているに違いない。となると、仲買人としての腕は並なのに暮らしぶりがいい。

「喜久三は本業以外に何か特別な実入りがあったんじゃないでしょうか」

六助の意見に、源蔵は大きく頷き、

「そこらあたりに今回の殺しのわけがあるようだな。で、その特別な実入りが何かわかったのか」

「まだ、わかりません。仲買人仲間も首をひねってましたが、ただ材木問屋の『飛驒屋』の旦那に可愛がられているからと」

「『飛驒屋』か」

「へえ。『飛驒屋』と喜久三のつながりを探れば何か出てきそうです」

六助は得意気に言い、ちらっと竜吉に目をやった。

竜吉が平然としているのを見て、六助は怪訝そうな顔をした。

「旦那」

文太が声をかける。

「ここで、竜吉の話を」

「よし、竜吉。話せ」

源蔵が竜吉に顔を向ける。

「へい」

会釈をして、竜吉は口を開いた。

「喜久三のかみさんのおせんは『飛騨屋』の女中でした。『飛騨屋』に出入りをしているうちに喜久三はおせんと出来たようです。女中頭が言うには、おせんは喜久三に甲斐性があるから所帯を持つ気になったのではないかと」

竜吉は半拍の間をとってから、

「ただ妙なのは『飛騨屋』では、奉公人同士の色恋沙汰は御法度だったそうです。ましてや、出入りの店の者とはとうてい許されなかった。それなのに、おせんと喜久三の仲は認められた。女中頭も不思議がってました」

「喜久三は『飛騨屋』の旦那に可愛がられていたという六助の話と繋《つな》がるな」

「でも、ここで気になる話が……」

「気になる話だと？」

源蔵の目が鈍く光った。

「へえ。もともと、喜久三は三好町の材木問屋『美濃屋』の奉公人だったそうです」

「なんだって」

驚いたような声を上げたのは六助だった。

竜吉は無視して続ける。

「二年前に『美濃屋』がつぶれ、そのあと、喜久三は仲買人になったそうです。問題は材木問屋の『美濃屋』がつぶれたわけです」

竜吉はもったいぶるように十分に間をとってから、

「『美濃屋』は、ある武家屋敷の普請を請け負い、多くの材木を木曽から仕入れたのですが、急に武家屋敷の普請が取りやめになったってことです。それで大損をして『美濃屋』はいっきに傾いたそうです」

ひと息に言ってから、竜吉は付け加えるように言った。

「なぜ、普請が取りやめになったかはわかりません」

「何か臭うな」

源蔵が眉根を寄せた。

「へえ。『美濃屋』がだめになったあと、喜久三が仲買人になって『飛騨屋』と結びついたことと何か繋がりがあるんじゃないでしょうか」

「その話はほんとうか」

六助が口をはさんだ。

「俺が会った仲買人は誰もそんなことは言ってなかったんだ」

「きかれなかったからだろう」

竜吉は冷たく言い放つ。

ほんとうは、威張ってひとと接しているから反発されて、きかれたことしか答えてもらえないのだと言いたかったが、源蔵と文太の前なので言葉を呑んだ。

「二年前の『美濃屋』の件は奉行所できいてみるが、おそらく上辺《うわべ》の事情しかわかるまい。何があったのか、『美濃屋』の主人から話を聞くのが一番だ」

源蔵が鋭い顔つきで言い、

「竜吉」

と、鋭い声を投げかけた。

「へい」

「『美濃屋』の身内を探し出せ」

「わかりました」

竜吉は応じてから、

「それから、喜久三は『飛驒屋』の依頼で、秋田杉の手配もしていたようです。『飛驒屋』は材木をたくさん買いつけているようです。木曽や飛驒の山元だけでなく秋田杉のほうにも手を伸ばしている」

「『飛騨屋』は材木を買い占めているのかもしれぬ。文太と六助はそのあたりを調べるんだ。俺と竜吉で、『美濃屋』のほうを調べる」

「わかりました」

文太が応じる。

「あと何かあるか」

源蔵はそれぞれの顔を見た。

「いえ、ありません」

文太が答える。

「よし」

源蔵が手を叩くと、静江が酒肴《しゆこう》を運んできた。

「これはどうも」

文太が静江に頭を下げる。

「六助も竜吉もよくやった」

源蔵はふたりを讃《たた》えた。

源蔵の屋敷を引き上げ、鉄砲町で文太と別れ、竜吉と六助は豊島町一丁目の吉兵衛店に向かった。

屋敷を出てから、六助は一度も口をきかなかった。腹を立てているのがよくわかる。そんな六助と並んで歩いているのが気づまりだった。こうなると、いっしょの長屋というのがとんだ災厄《さいやく》だった。

よほど途中で寄り道していこうかと思ったが、五つ半（午後九時）をまわり、呑み屋もそろそろ仕舞いだろうし、夜鷹《よたか》そば屋の屋台が目に入ればと思ったが、あいにく提灯《ちょうちん》は見えない。

竜吉もだんだん不快になって我慢できなくなってきたとき、六助が口を開いた。

「竜吉。俺が調べに行ったのを承知しながら、おめえも喜久三を調べたのか」

ちょうど空き地の前だった。そのことを承知して、六助はきいたようだった。

「俺はおせんを調べにいったんだ。そしたら、ついでに喜久三の話になったまでだ」

「それからは、おせんじゃなく喜久三のことを調べだしたのか」

「あくまでもおせんのついでだ」

「それにしちゃ、俺以上に詳しく調べてきたじゃねえか。いってえ、誰からきいたんだ」

六助は口許をひん曲げて問い詰める。

「とっかかりは久米吉だ」

「久米吉だと？」

「そうだ。俺が行ったとき、六助が帰ったあとだと言っていた」

「あの野郎、俺には言わず、竜吉には話しやがったな」

「六助。いい機会だから言っておく。おめえの近頃の態度はいただけねえぜ」

竜吉は思い切って口にした。

「なんだと」

六助が顔色を変えた。

「おめえ、もう自分が一端の岡っ引きのつもりでいるんじゃねえのか。それが聞込みの態度に出ているんだ。一人前の岡っ引きならともかく、俺たちみてえな下っ端が威張ったって、相手は反発するだけだ」

「何言いやがる。てめえに、俺のやり口をとやかく言われる筋合いはねえ」

六助は息巻いた。

「そうかえ、ひとがせっかく親切に忠告してやろうってのに聞く耳を持たねえならもういい。好きにしろ。その代わり、聞込みで何も得られなくても知らねえぜ」

「……」

六助は唇をかみしめた。

竜吉は六助を残し、さっさと長屋に向かった。六助とやり合って気分は最悪だった。

先に木戸を入り、自分の家の腰高障子を開ける。

部屋に上がり、まず行灯に灯《ひ》を入れ、それから小机の前に座って七蔵の位牌に手を合わせた。

「どうして、あの野郎はこんなになっちまったんだ」

竜吉は呟く。

やはり文太の後釜は自分だという思いが強く、早く手柄を立てて認めてもらいたいと思っているのだろう。その思いが自分は一人前なのだという錯覚に繋がっているのだ。

「ばかな野郎だ」

竜吉は吐き捨てるが、心がざわついている。

ふと、腰高障子の外にひとの気配がした。六助に違いない。

しかし、いくら待っても戸が開かない。迷っているようだ。早く入ってきやがれ。

竜吉は心の内で叫んだ。

だが、気配がしなくなった。

竜吉は急いで土間に下り、戸の傍《そば》に行って、隙間から外の様子を窺《うかが》った。向かいの自分の家の前で立っている。ときたま、振り返ってこっちに目をやる。迷っているのだ。

こっちに来いよ。竜吉は内心で叫んだ。

一度こっちに足を向けかけたものの、首を横に二度振り、戸を開けて土間に入った。それでも未練がましくこっちを見ていたが、やがて戸が閉まった。

(ばか野郎)

思わず、竜吉は心の内で叫んでいた。

三

翌日の昼に、竜吉は神鳴り源蔵と深川の仙台堀にかかる亀久橋《かめひさばし》北詰で待ち合わせ、三好町の『美濃屋』があった場所に行った。

今は材木置場になっている前に立ち、

「『美濃屋』は跡形もないのか」

と、源蔵が感慨深そうに言った。

「旦那、『美濃屋』に何があったのかわかったんですかえ」

竜吉は源蔵の横顔を見る。まるで鑿《のみ》で彫ったような鋭い顔立ちだ。

「三年前、付け火によって二千石の旗本有村善右衛門《ありむらぜんえもん》の屋敷が火事になり、全焼した。その屋敷の再建のための材木を『美濃屋』が調達した。ところが、いざ屋敷を建てはじめようとしたときに、待ったがかかったそうだ」

「何かあったんですかえ」

待ったがかかるなんて、よほどのことがあったに違いないと、竜吉は思った。

「付け火ではなく、有村善右衛門の屋敷の失火ではないかという疑いが生じて、大目付《おおめつけ》の調べが入った。その間、普請は差し止めになった」

「差し止めですか」

「しかし、疑いが晴れて、三か月後に普請ははじまった。だが、三か月以上、『美濃屋』は材木の代金をもらえなかった」

「でも、それだけで店は傾いてしまったんですかえ」

「その前に、『美濃屋』は材木を大量に買い占めていたそうだ」

「そのほうの支払いが滞《とどこお》ったらしい。その危機を助けたのが『飛騨屋』の鴈治郎だったそうだ。だが、そのことでけちがついたのか、ほどなく主人が倒れて、それからじり貧になり、一年後に『美濃屋』はついに店を畳《たた》んだということだ」

「なんだかいろいろ引っかかることがありますねえ」

竜吉は顔をしかめた。

「どこがひっかかる？」

「まず、出火の原因ですね。なぜ、最初は付け火だったのが、有村善右衛門の屋敷の失火という疑いが出たのか？　その間、三か月も普請が差し止めになっていたのに、結局付け火だったということになった。なんかしっくりきません」

「他には？」

「『美濃屋』が材木を大量に買い占めていたってことです。なんのために、そんな真似をしていたのか。それから、『飛騨屋』と『美濃屋』の関わりも気になります」

「そうだ。そのあたりを探るためにも、『美濃屋』の主人を探さねばならない」

「へい」

近くに『楢屋《ならや》』という材木問屋があった。ふたりはそこに向かった。

間口の広い戸口に立つと、源蔵を見て番頭らしき男がすぐに近づいてきた。

「これは尾上さま」

神鳴り源蔵の名は深川にも轟《とどろ》いているのだ。

源蔵が竜吉を促す。

「へい」

と頷き、竜吉は番頭に向かって口を開いた。

「二年前に店を畳んだ『美濃屋』の家族が今どこに住んでいるか知っているかえ」

「美濃屋さんは日暮里《にっぽり》にお住まいと聞いています」

「日暮里？」

「はい。手前どもの主《あるじ》が一度お見舞いに行ったことがあります。今、主を呼んで参ります。どうぞ、こちらでお待ちを」

番頭が奥に行った。

土間に入り、帳場格子の近くで待った。自分ひとりでやって来ても、こんなにあっさりとはいかなかっただろう。

しばらくして、恰幅《かっぷく》のよい男がやってきた。

「尾上さま、楢屋でございます。ごくろうさまでございます。美濃屋さんの住まいの件だそうで？」

「うむ。家族がどこに住んでいるか知りたいのだ」

源蔵が訊ねる。

「美濃屋さん夫婦は日暮里の百姓《ひゃくしょう》家《や》の離れにお住まいです。正覚寺《しょうがくじ》の近く、喜《き》作《さく》という百姓です」

「正覚寺近くの喜作だな」

「はい。でも、美濃屋さんは寝たきりです。喋ることもままならないようでした」

楢屋は痛ましげに言う。

「内儀《ないぎ》は達者か」

「はい。内儀《おかみ》さんはお元気でした」

「子どもは？」

「梅太郎《うめたろう》という息子がおりましたが、いっしょには住んでいなかったようです」

「『美濃屋』がだめになったわけを知っているか」

「はい。どこぞのお旗本の不始末に巻き込まれて大損をしたと聞いています」

「美濃屋から聞いたのか」

「いえ、同業者の噂《うわさ》です」

「同業者の中の誰が一番、実情に詳しかったんだ？」

「飛騨屋さんです」

「飛騨屋が噂をばらまいたのか」

「ばらまいたわけではありませんが、飛騨屋さんが一番、美濃屋さんと親しいようでしたから」

「飛騨屋と美濃屋は親しい間柄だったのか」

「そのようです。ですから、『美濃屋』が材木を大量に抱えてにっちもさっちもいかなくなったとき、飛騨屋さんが手を差し伸べたのです」

「『美濃屋』はどうして材木を大量に抱えたんだ？」

「芝増上寺《しばぞうじょうじ》と上野寛永寺《うえのかんえいじ》で大胆な修繕を行うという話をまともに信じて材木を買い占めたようです」

「そんな話があったのか」

「美濃屋さんだけしか知りません。私たちは蚊帳《かや》の外《そと》でした。もっとも、知らないおかげで大損をする目に遭わずにすみましたが」

「美濃屋は誰から聞いたのか」

「わかりません」

「誰かがわざと偽《いつわ》りを告げたのかもしれぬな。だが、当時、なぜ美濃屋は騒がなかったのか」

源蔵は呟くように言い、

「何があったかを知っているのは飛騨屋だな」

「はい。『美濃屋』さんが処分に困った材木を引き受けたのも『飛騨屋』さんですから、一番事情を知っていると思います」

楢屋は大きく頷いた。


それからふたりは入船町の『飛騨屋』に行った。

楢屋のときと同じように番頭を通じて主人に会ったが、違うのは飛騨屋はふたりを客間に通したことだった。

「『飛騨屋』の主の鴈治郎にございます」

客間で向かい合って、飛騨屋が口を開いた。

四十近いが、細身の鋭い目つきの男だ。いかにも遣り手という印象だ。

「仲買人の喜久三夫婦が殺されたとお聞きしました」

飛騨屋は暗い顔で言う。

「そうだ。一昨日《おととい》の夜、押し入った賊に殺された」

「女房のおせんはうちに奉公していた女なので胸が痛みます」

「奉公人と出入りの業者との縁組はよくあるのか」

「いえ。喜久三とおせんがはじめてでございます。いつの間にか恋仲になっていたので、止《や》むなく許しました」

「店の決まりを破ったのだから、喜久三の出入りを御法度《ごはっと》にしてもよかったのではないか、そう考えなかったのか」

「はい。仕事の出来る男なので」

「仕事が出来るのか」

「はい」

「それほどでもないと言う者もいるが……」

「それは、そのひとの受け取り方でしょう」

飛騨屋は苦笑して言う。

「ふたりが殺されたわけに思い当たることはないか」

「わかりません。ひとさまから恨まれるようなふたりではありません」

「喜久三は羽振りがよかったそうだが、同業者の間では、仕事でそれほど儲けてい

ると は思えないと言っていた」

「そうですな」

飛騨屋は小首を傾げ、

「そういえば、あの男は賭場に出入りをしていました。博才《ばくさい》があると、自分でも言ってました」

「博打をしているという話は聞かなかったが？」

源蔵は飛騨屋の表情の変化を窺うように厳しい目を向けた。

「ええ、ひとには言っていなかったようです」

「賭場はどこだ？」

「いえ、聞いてません」

飛騨屋はしらじらしく言う。

「飛騨屋。そなたは秋田杉の手配もしていたようだが？」

「はい」

「喜久三が動いていたのか」

「いえ。喜久三はその方面には顔がききません。喜久三には無理です。おそらく、喜久三は博打で勝っているから羽振りがいいのだとは言えず、秋田杉の買いつけの話をしていたんじゃないですか」

「喜久三は秋田杉の買いつけには関わっていないのだな」

「はい」

飛騨屋は平然と言う。

「『飛騨屋』は材木をたくさん買いつけていると聞いた。どうなんだ?」

「はい。そのとおりでございます」

「なんのために買い占めているのだ?」

「買い占めているというのは大袈裟《おおげさ》でございます。普段より多めに仕入れているだけでございます」

「なぜだ?」

「いろいろな噂話をかき集めたところ、ここ一年か二年の間にどこかの神社仏閣で大々的な修復があるらしいと考えたのです。そのための備えにございます」

「どこからの話だ?」

「出所はご勘弁ください。それに、まだあやふやな段階ですから」

「もし、違っていたら大損するのではないか」

「はい。そのとおりでございます。ですから、万が一の場合でも、店に負担がかからない程度の材木しか仕入れていません。美濃屋さんの例がありますので」

飛驒屋のほうから『美濃屋』の話を持ち出したのは話の流れでか、それともあえて口にしたのか。

「『美濃屋』は材木を買い占めていたのか」

「はい」

「そなたと同じようなわけか」

「そういうことでございます。芝増上寺と上野寛永寺で大がかりな修繕を行うために大量の材木が必要になるという話があって、美濃屋さんはその話に乗ってしまったのです」

「増上寺と寛永寺の話は嘘だったのか」

「はい。嘘でした」

「そなたも知っていたのか」

「いえ、知りませんでした」

「どこから出た話なのだ？」

「寛永寺の僧侶だそうです」

「その僧侶は偽者だったのか」

「そういうことだと思います」

「なぜ、その僧侶を美濃屋は信じてしまったのか」

「さあ……」

飛騨屋は首を横に振った。

「信じるに足る何かがあったのであろうな」

「焦《あせ》っていたのかもしれません」

「焦っていた？」

「美濃屋さんは商いがうまくいかず、なんとか挽回しようと躍起《やっき》になっていたときなので、うまい話にあっさり乗ってしまったのでしょう」

「『美濃屋』はそのことでつぶれてしまったのか」

源蔵が確かめる。

「そうです」

「三年前にも、災厄があったそうだな。旗本の不始末に巻き込まれて、材木の代金の受け取りが先延ばしされたそうではないか」

「そういうことがありました」

飛騨屋は遠くを見るように目を細めた。

「旗本有村善右衛門さまの屋敷を建てるために材木を手配したが、出火の原因が有村さまの屋敷にあるという疑いがかかったのだな」

「私も詳しいことはわかりません。有村さまのお屋敷が付け火に遭い、屋敷が全焼してしまいました。幸い、両隣の屋敷の一部を焼いただけで鎮火し、大きな被害は有村さまのお屋敷だけでした。その再建のための材木の調達を『美濃屋』が請け負ったのです」

飛騨屋は半拍の間を置いて、

「ところが材木を仕入れたあとに、付け火ではなく、火事を起こした原因は有村さまの不祥事からだということが判明し、普請に待ったがかかったのです」

「その不祥事とは？」

「これは又聞きですが、有村さまのお気に入りの女中の火の不始末から火事になったのではないかということです。すでに『美濃屋』は材木を手配し、その代金は山元問屋にも支払っていたので、金が入らなかったのはかなりの痛手だったでしょう」

「しかし、そのほうが救いの手を差し伸べたと聞いているが」

「はい。美濃屋さんに泣きつかれ、材木の代金をそっくり立て替えてやりました。ところが、美濃屋さんには悪いことが続くもので……」

「買い占めの件だな」

「はい。騙されたと知ったときは、すでに大量の材木が『美濃屋』の材木置場に……」

「その材木はどうした？」

「私どもで買い取りました」

「買った？　すべてか」

「さようでございます」

「だいぶ叩いたのではないか」

「まあ」

「いくらで買った？」

「それは……」

「半値か」

「そのようなもので」

飛驒屋は含み笑いをした。

「すると、一番得をしたのは飛驒屋、そなただな」

「いえ、私どもは美濃屋さんの助けになればと思っただけです」

「なぜだ？」

源蔵は鋭い目を向けた。

「はっ？」

「なぜ、そなたは芝増上寺と上野寛永寺の修繕話の件を知っているのだ？」

源蔵はきいた。

「あとで作事奉行《さくじぶぎょう》の植島《うえしま》さまからお伺いしました」

「作事奉行？」

作事奉行は植島兵庫《ひょうご》という二千石の旗本である。

「はい。材木問屋として作事奉行の植島さまとは何度かお会いする機会をいただいております」

「饗応か」

「恐れ入ります。他のお店も同じでございます。植島さまから耳寄りな話をお聞きし、早めに手を打たねばなりません」

「そうか」

源蔵は頷き、

「竜吉、きくことはないか」

「へえ。じゃあ、ひとつだけ。喜久三はかなり飛騨屋さんと親しかったようですが、何か特別なわけでもおありで？」

「どうしてそう思われるのですか」

飛騨屋が逆にきいた。

「近頃、喜久三は羽振りがいいそうですが、ここひと月ほど金回りがよかったようです。博打でずっと勝ち続けるなんて考えられません。ひょっとしたら、喜久三は飛騨屋さんと……」

「そんなことありませんよ」

竜吉に最後まで言わせずに、飛騨屋ははじめて不機嫌そうに口をはさんだ。

「喜久三は仲買人のひとりでしかありません。それだけのことです」

「よし、わかった。また、何かあったら教えてもらいに来る」

源蔵が腰を上げたので、つられたように竜吉も立ち上がった。

外に出た源蔵はすぐに竜吉に言った。

「飛騨屋はまだ何かを隠している、調べる値打ちはありそうだ」

「へい。それにしても、なんだか自信に満ちた態度じゃありませんか」

竜吉はそのことが気になった。

「竜吉、これから日暮里だ」

「へい」

源蔵は富ケ岡八幡宮の前を過ぎ、永代橋に向かった。

入谷《いりや》から三ノ輪《みのわ》を経て、音無川《おとなしがわ》に沿って日暮里にやって来た頃にはだいぶ陽《ひ》が陰っていた。

田畑の先に、薄暗くなった空を背景に正覚寺の伽藍《がらん》が見えてきた。ふたりはそこを目指した。

付近の百姓家で、喜作の家を聞き、木立の脇にある百姓家に足を向けた。

白い煙が上がっているのは夕餉の支度をしているのだろう。近づいて、戸を開け暗い土間に声をかけた。

たすき掛けの小肥《こぶと》りの女が出てきた。

「すまねえ、こちらに美濃屋さんが厄介《やっかい》になっていると聞いたんだが」

竜吉は声をかける。

「美濃屋さんは、この裏の離れです」

「そうかえ。じゃあ、そこに伺わせてもらう」

竜吉と源蔵は離れにまわった。

離れに行くと、年配の女が雨戸を閉めているところだった。竜吉は急いで声をかけた。

「すまねえ。南町の者だ。こちらに美濃屋さんがいらっしゃると聞いてやって来たんだ」

雨戸を閉めるのをやめて、女は廊下に腰を下ろした。

「美濃屋の内儀さんですね」

竜吉は確かめる。

「はい、さようでございます」

女は答えた。鬢に白いものが目立つ。四十は過ぎているようだった。

「美濃屋に会えるか」

源蔵が前に出て言う。

「それが……」

内儀は戸惑いぎみに、

「寝た切りで……」

と、すまなそうに俯いた。

「話は出来ないのか」

「はい」

「ともかく、会わせてはもらえぬか」

「どうぞ、そこからお上がりください」

内儀は廊下から上がるように勧め、部屋の障子を開けた。

源蔵に続いて竜吉も廊下に上がった。

「こちらです」

内儀は部屋に入るように勧める。

源蔵が先に入り、竜吉も続いた。

ふとんに痩せさらばえた男が仰向《あおむ》けに寝ていた。無精髭が伸び、頬骨が突き出ている。ひとの気配がわかるのか、瞼《まぶた》が微かに痙攣した。

「おまえさん」

内儀が耳許に顔を近づけて大きな声で呼びかけた。

だが、薄目になっただけで、目が大きく開くことはなかった。

「お医者さんがもってあと半月だろうって」

「そうか。美濃屋は……」

源蔵が悔しそうな顔をした。

詳しい事情を語ることなく逝《い》ってしまうのかと、源蔵は嘆いたのだと竜吉は思った。ふと、飛騨屋の自信の裏にはこのこともあるのではないかと思った。

四

その日の夜、室町三丁目の浮世小路にある料理屋『百川』の離れ座敷で、南町奉行所の与力高坂又五郎は材木問屋『飛騨屋』の主人鴈治郎と差し向かいになっていた。

「高坂さま、突然のお呼び立て、申し訳ございませんでした」

飛騨屋が笑みを浮かべて言う。

こっちが声がかかるのを待ちわびていたことを承知した笑いに違いない。飛騨屋に見透《みす》かされたとおり、又五郎は飛騨屋の誘いを待ちわびていた。

だから、奉行所に飛騨屋の使いが来たときは気持ちが弾んだ。おみねに会える喜びからだが、それと同時に飛騨屋の用件を思うと気が重くなった。

「何かあったのか」

又五郎はわざと渋い顔できいた。

「じつは昼間、神鳴り源蔵がやって来ました」

「そうか、源蔵が……」

やはり、『飛驒屋』に赴《おもむ》いたかという思いで、又五郎は呟いた。

「源蔵は『美濃屋』のことを気にしていました。やはり心配していたとおりです」

「飛驒屋、そのほうが源蔵を潰すと言っていたな。わしには何もしないでいいと」

「はい。ここまでは」

「ここまでは？」

又五郎は顔つきを変えた。

「そろそろおみねの亭主升吉を殺したかどで捕まった時蔵の詮議がはじまるころでは？」

「うむ。明後日からだ」

「じつは、高坂さまに一肌脱いでいただきたいのですが」

「何をするのだ？」

「時蔵は下手人ではありません」

「下手人ではない？」

「はい。運悪く下手人にされてしまいました。升吉が殺された夜は、時蔵はあるお方と会っていたのです」

「誰だ？」

「高坂さまです」

「なに、わしと？」

「はい。升吉が殺された日の夜、おみねに頼まれて、高坂さまは時蔵と会っていたことにしていただきたいのです。時蔵におみねにつきまとうのをやめさせようと説き伏せていたのです」

「どういうわけだ？」

「実際に時蔵はある人物と会っていたのです。ですが、事情があって名を明かすことは出来ません。そこで高坂さまにお願いしようと」

飛騨屋は真顔になり、

「神鳴り源蔵は取り違えをしたことになります。まさに、神鳴り源蔵を叩き潰す好機」

と、訴えた。

「どうすればいいのだ？」

「詮議の場で、おみねが時蔵の仕業に疑問を呈します。升吉が殺された時分、時蔵はあるお方と会っていたはずだと訴えます。それが高坂さままでです」

「それまで、時蔵はそのことを口にしていないではないか」

「はい。おみねが訴えたことを聞き、時蔵も高坂さまから意見されていたとはじめて口にします。なぜ、それまで黙っていたのかというと、話しても信じてもらえないからだと時蔵は訴えます」

「どこで会っていたことにするのだ？」

「『百川』の裏です。ふたりが話しているのを見ていた者を用意してあります」

「誰だ？」

「いえ。高坂さまは知らないほうが」

「そうか」

「その他、時蔵が無実である証人を用意してあります」

「時蔵はほんとうに下手人ではないのか」

「下手人ではありません。神鳴り源蔵をはめるために、わざと下手人に仕立てたのです。詳しいことは高坂さまは知らないほうがよろしいかと。ただ、升吉が殺された時分、時蔵といっしょだったと話してくだされば。それも、きかれたらで。高坂さまから進んで訴えていただくことはありません」

「わかった」

又五郎は頷いてから、

「しかし、これだけは教えてもらおう。真《まこと》の下手人を、そなたは知っているのか」

「はい」

「おみねもか」

「知っています」

「なぜ、匿《かくま》うのだ？」

「何度も申し上げるようですが、万が一に備え、高坂さまは何も知らないほうが」

「そうだな」

又五郎はそう答えたが、なんとなく胸の辺りにしこりが残った。

ほんとうに時蔵は下手人ではないのか。真の下手人を助けるために、時蔵をはめたというのか。

「では、おみねを呼びましょう」

飛驒屋が手を叩くと、襖の向こうですぐ返事があった。廊下で待っていたようだ。

話を聞かれたのではないかと、又五郎は目顔で飛驒屋に言った。

「心配いりません」

飛騨屋は答えたが、聞かれる心配はないという意味か、聞かれても心配ないという意味か。入ってきたのはおみねだけだった。そうか、おみねは仲間だったのか、いやおみねは亭主の升吉から逃れたかったのかもしれないと思った。


　ふつか後、詮議所で吟味与力による時蔵の詮議がはじまった。

　又五郎は詮議所の襖の前に腰を下ろし、詮議の様子を窺った。

　吟味与力の大下《おおした》嘉兵衛《かへえ》の声がきこえた。

「そのほう、伊勢町の稲荷長屋に住む升吉を殺害し、古井戸に遺棄した罪で捕らえられたのであるが、相違ないか」

「恐れながら、あっしにはまったく身に覚えのないことでございます」

　白砂利の上に敷かれた筵の上に座って、時蔵は座敷にいる吟味与力を見上げて訴えている。

「升吉を殺していないと申すのか」

「はい。殺してはいません」

「しかし、今月六日の夜、そなたの住む深川万年町の閻魔長屋に升吉が訪ねたのではないか」

「確かに、やって来ました。でも、すぐ追い返しました」

「升吉は何の用でそのほうを訪ねたのだ?」

「升吉は、かみさんのおみねと別れてくれと言いに来たんです。ですが、別れるも何もあっしはまだおみねとは何でもねえんです。ですから、そう言って追い返しました」

「しかし、升吉はそれきり長屋に帰っていないのだ。升吉を最後に見たのはそのほうだ」

「知りません。あっしは升吉を追い返してからそのまま日本橋室町のほうに行きました」

「何しに行ったのだ?」

「ひとと会うためです」

「誰だ?」

「そいつは……」

「言えないのか」

「へえ」

「なぜだ?」

「もし、そのお方が知らないと言ったら……」

時蔵は言いよどんでいる。この言い分も飛騨屋が指図をしているのだろう、と又五郎は思った。

「知らないと言うかもしれないというのか」

「そのとおりで」

「なぜ、そんな心配をするのだ。ほんとうに会っていたなら、その者とて嘘は言うまい」

「いえ、嘘をつくかもしれません」

「なぜ、そう思うのだ？」

「それは……」

時蔵はやはり言いよどんだが、いきなり大声を出した。

「あっしはやっていません。ほんとうです」

「どうしても、誰に会ったかは言えないのか。言えないのは、誰かと会ったというのが偽りだと思わざるを得ないが……」

「嘘じゃありません」

「では、なぜ海福寺の裏に行ったのだ？　亡骸を埋めた場所ではないか。亡骸が心配になって様子を見に行ったのではないか」

「違います。呼び出されたんです」

「呼び出された？」

「へい。夕方、長屋の前で待っていた男が、あっしに会いたがっている男がいる。人目を憚《はばか》るので海福寺まで来てくれと言うのです。それで行きましたが、誰もいませんでした。騙されたと思ってすぐ引き上げました」

「会いたがっている男とは誰だと思ったのだ？」

「いえ、見当もつきませんでした」

「そんな相手なのに、のこのこ行ったのか」

「気になったんで」

「長屋の前で待っていたのはどんな感じの男だ？」

「中肉中背の商人ふうの男でした」

「そのことを大番屋での取り調べのとき言ったのか」

「言いました」

「嘘をつくとためにならぬ」

「嘘じゃありません。言ったけど、あっしの言い分など何も聞き入れてくれません。

最初《はな》からあっしを下手人と決めつけてましたから」

「あいわかった」

吟味与力は時蔵に言ったあと、

「升吉妻女おみねをこれへ」

と、証人のおみねを呼んだ。

おみねが連れてこられるまで間があった。襖に耳をつけるようにして聞き耳を立てていたが、やがて吟味与力の声が聞こえた。

「殺された升吉の妻女おみねであるな」

「はい、おみねにございます」

又五郎はおみねの声に心が騒いだ。

「そのほう、ここにいる男を知っているか」

「はい」

「誰か」

「時蔵さんです」

「どのような間柄か」

「知り合いではありません。お店の帰りに待ち伏せて、強引に迫ってきたひとです」

「亭主の升吉はこの男を知っていたのか」

「知っていました」

「なぜ、知っていたのだ？」

「お店の帰りに待ち伏せていた時蔵さんが私に迫っているところに、私を迎えにうちのひとがやって来たのです。それで、うちのひとは誤解して……」

「そなたと時蔵が深い間柄だと思い込んだのだな」

「そうだと思いますが……」

「どういうことだ？」

「そのときは、そう思い込んだようですが、私はなんとも思っていない、向こうが勝手に言い寄ってくるのだと言うと、信用してくれたのです」

「すると、升吉が時蔵に会いに行ったのは、別れてくれと頼むためではないのか」

「はい。たぶん、待ち伏せたり、つきまとうのをやめるように頼みに行ったのではないかと思います。というのも、私が時蔵という男につきまとわれて困っていると、あるお方に相談したところ、そのお方が時蔵に忠告してやると仰ってくださいました。そしたら、うちのひとは俺も時蔵に頼んでみると言ってましたから」

「そのお方とは誰か。そして、その者は時蔵と会ったのか」

「会ってくださいました。そうです、うちのひとが殺された夜です」

「なに、六日の夜だというのか」

「はい。その日の夜、そのお方は時蔵さんに会ってくださいました」

「どこで会ったのだ？」

「日本橋室町の『百川』の裏だと思います」

「時蔵」

吟味与力が時蔵に声をかけた。

「六日の夜、そなたは日本橋室町で、ひとと会ったと言っていたな」

「へい、そのとおりです」

「おみねが言う相手と同じか」

「同じです。そのお方はおみねに頼まれたと仰ってましたから」

「相手の名前を言えないということであったな」

「へい」

「相手のことをかばって名が言えないのか」

「いえ、そうではありません。そのお方は関わりがないと言われるかもしれないからです。料理屋の女に頼まれたなんて言えないんじゃないかと疑いを持ちました」

「なぜ、そんなに疑いを持つのかわからん」

「南町のお方だからです」

「南町だと？」

吟味与力の大下嘉兵衛が声を高めた。

飛驒屋の筋書きどおりに踊らされているようで、又五郎はなんとなくいまいましい気がした。

「で、そのお方とは誰なのだ？」

「そのお方が正直に答えてくれるとは思えません。そのお方に関わりがないと言われたら、もうあっしの言い分はまったく通らなくなるじゃありませんか」

「高坂又五郎さまです」

いきなり、おみねが声を張り上げた。

思わず、又五郎は顔をしかめ、そっと立ち上がった。

そして、思わずため息をついたが、すぐにこれから襲ってくる強風に抗うように下腹にぐっと力を込めた。

五

その夜、竜吉は文太と六助とともに八丁堀の源蔵の屋敷に駆けつけた。

庭から入り、濡縁《ぬれえん》に出てきた源蔵に文太が口を開いた。

「旦那、いってえ、どうなっているんですかえ」

升吉殺しで捕まえた時蔵に無実の見込みが出てきたと、文太が聞き込んできた。

「俺もまさかそこまでとは考えもなかった」

源蔵が顔をしかめた。

「そこまでとは？」

「与力の高坂又五郎さまだ」

「高坂さまって、升吉の行方を探索するように旦那に命じた与力ですね」

竜吉は思いだして言う。

「そうだ。その高坂さまが時蔵と会っていたそうだ」

「時蔵はそんなこと何も言ってなかったじゃありませんか」

六助が憤慨して言った。

「升吉が殺された時分、ひとと会っていたと大番屋で訴えたが、同心は聞く耳を持たなかったと言っているらしい」

「でも、亡骸を埋めた場所に案内したのは時蔵ですぜ」

六助が叫ぶように言う。

「それも、何者かから海福寺の裏に呼び出されたのだそうだ」

「なんですって」

六助が呆れたように言う。

「時蔵の言い分は、真の下手人が自分をはめようとして海福寺の裏に誘き出したということだ」

「出鱈目《でたらめ》をいいやがって」

文太は顔をしかめた。

「旦那」

竜吉は声をかける。

「時蔵はほんとうに無実なんですかえ。あっしには信じられねえ」

「もしかしたら仕組まれたかもしれねえ」

「仕組まれた？」

「そうだ。わざと時蔵を俺たちに捕まえさせ、あとで無実の証を持ち出す。はじめから、そのつもりだったようだ」

「なぜですね」

「狙いは俺だ」

「旦那を？」

「俺を邪魔に思っている輩《やから》がいるのだ」

「誰ですかえ」

「まだ、わからん」

「高坂さまはなんで升吉の探索を旦那に？」

竜吉がきく。

「高坂さまはときたま招かれて『百川』に行っていた。それで女中のおみねを知っていたようだ」

「ずいぶん、高坂さまはおみねに肩入れしていますね。時蔵にわざわざ会ってつきまとうなと忠告していたなんて」

竜吉は不審を持ちながら、

「ひょっとして、高坂さまはおみねのことを……」

と、呟いた。

「じつは妙なことがある」

源蔵が厳しい顔で、

「高坂さまを招いているのは飛騨屋だ」

「飛騨屋と結びつきがあるんですか」

文太が驚きを隠せずに言い、

「旦那、もしや……」

「うむ」

源蔵は一瞬ためらってから、

「高坂さまと飛騨屋が気になる」

と、口にした。

「でも、なぜ、そんなことをするんですかえ」

六助が疑問を言う。

「もしかして、喜久三夫婦殺しと関わりが？」

竜吉は推し量った。

「たかが、仲買人夫婦を殺すために、そんな大掛かりなことが……」

六助が不思議そうに言う。

「あるいは、これから何かが起こるのでは……」

竜吉は不安になった。

「それより、旦那。時蔵は無罪放免になるのですかえ」

文太は承服出来ないように言う。

「そうなるだろう」

源蔵が応じる。

「ほんとうに時蔵はやっていないんでしょうか」

竜吉が困惑ぎみに言い、

「だったら、他に下手人がいるってことになりますが」

と、付け加えた。

「時蔵ですぜ、時蔵が下手人に間違いありません」

六助は言い放つ。

「旦那。もう一度、升吉殺しを調べてみます」

文太が言うと、源蔵は首を横に振った。

「それは出来なくなった」

源蔵が厳しい顔で言った。

「どうしてですかえ」

「差し控えになるそうだ。当面、正式な沙汰が下るまで屋敷から一歩も出られない」

「そんな……」

竜吉は啞然《あぜん》とした。

「時蔵は過酷な取り調べを受けてつい嘘の自白をしたと訴えている」

「あの野郎」

六助が眦《まなじり》をつり上げた。

「それに高坂さまが、無実の者を捕らえ、牢送りにしたのは大きな問題だと騒いでな。取り違えをした者はしばらく同心の職を差し控えるべきだと」

「なんてことだ」

竜吉はうろたえ、

「じゃあ、旦那は喜久三夫婦殺しの探索も出来ねえってことですか」

「そうだ。しばらく、臨時廻りの島本勘四郎《しまもとかんしろう》という同心があとを引き継ぐことになった」

「あっしたちはどうなんですかえ」

六助がきく。

「おめえたちは俺が雇っているんだ。俺が動けなければ、おめえたちも道連れだ。探索は出来ねえ」

「……」

皆は声を失った。

「おそらく、これが狙いだったんだろう」

源蔵は吐き捨ててから、

「だが、表向きは出来なくとも、このまま引っ込むわけにはいかぬ。隠れて探索は続けるんだ」

「わかりました」

「じつは、最初《はな》から時蔵の件では何か裏があると感じ取っていたんだ。だが、それが何かわからなかった。敵の狙いを知るためにも、あえて敵の罠にはまってみる気になった」

源蔵が告白する。

「これで、敵の姿が見えてきた。中心は飛騨屋鴈治郎だ。そこに高坂又五郎が絡んでいる。だが、まだこれでは役者不足だ。もうひとり、誰かいるはずだ」

「作事奉行の植島兵庫では？」

竜吉は口にした。

「おそらくな」

源蔵が口許を歪め、

「よいか。これからはおおっぴらな探索は出来ぬ。不自由な中でやらねばならぬ。だが、奴らがこれだけのことをするのは喜久三夫婦殺しのためだけではない。この先にもっと大きな企《たくら》みがあるのだ」

「なんでしょうか」

「わからぬ。だが、奴ら、いや、はっきり言おう、飛騨屋の真の狙いはこれからにある。喜久三夫婦殺しは奴らの本筋ではない。なんらかの事情で、三人を殺さなくてはならなくなったのだ。飛騨屋は商人だ。儲けがなければ手を出さないはずだ。喜久三夫婦を殺したところで、金にはならない。いってみれば、飛騨屋にとって余分なことだったのかもしれない」

源蔵は目を鈍く光らせ、

「升吉殺しだが、おみねと升吉の仲を洗い直すのだ。おみねもどうやら飛騨屋の息がかかっているに違いない。それと時蔵だ」

「こうなると、どうも時蔵とおみねの間柄も疑わしくなってきましたね」

文太が鋭く言う。

「そうだ。飛驒屋、時蔵、おみね、そして高坂又五郎、みなぐるだ」

源蔵は言い切った。

「でも、おみねと升吉の仲が悪くなっただけで、升吉殺しに、飛驒屋も時蔵も手を貸したんですかねえ」

文太が疑問を呈する。

「升吉は飛驒屋にとっても邪魔な存在だったたってことですね」

竜吉が口を差し挟む。

「そういうことだ。何か、升吉は飛驒屋にとってまずいことを知ってしまったのに違いない」

「なんでしょうか」

「手掛かりは、升吉が植木職人ということだ」

源蔵が言う。

「植木職人？」

竜吉はきき返したが、すぐはっとした。

「ひょっとして、どこかの屋敷で庭木の剪定《せんてい》をしていて、何かを見てしまったとか」

「そうだ。このほうの調べは竜吉に任せ、文太には六助といっしょに喜久三と飛騨屋の関わりを探ってもらおう」

「わかりました」

文太は答えてから、

「屋敷から出るなとはずいぶん重くはありませんか」

「取り違えは御役御免だ」

「御役御免……」

竜吉は茫然《ぼうぜん》とした。

「無実の者を捕まえた場合は当然だ。だが、今回は違う。時蔵はやっている」

やはり、時蔵が下手人だと明らかにする以外に、源蔵を助ける手立てはないのだ。

「旦那。必ず、飛騨屋の野望を挫《くじ》いてみせます」

文太が気負って言う。

「高坂又五郎から飛騨屋に、当然神鳴り源蔵はお役差し止めになっていると伝わっているだろう。肝心の聞込み先はみなこのことを知っていると考えたほうがいい。今後、神鳴り源蔵の名は使えぬだろう。聞込みに苦労する」

「わかってます。それでもやってみます」

文太が悲壮な覚悟で言った。

何かわかったら、必ずここに集まるという約束をし、散会となった。

八丁堀からの帰りは足が重かった。

まさか、神鳴り源蔵が動けなくなるとは思ってさえいなかった。まんまと敵の罠にはまった。さすがの神鳴り源蔵も、奉行所の与力が絡んでいたとなると手も足も出なかったのだ。

鉄砲町の文太の家の前まで来て、

「飯を食っていけ」

と、文太が誘ったが、竜吉と六助は顔を見合わせて遠慮した。

「あまりのことで、飯が喉を通りそうもありません」

竜吉は正直に答えた。

「そうだな。じゃあ、明日の朝、ここに来い」

「へい」

六助が答える。

文太と別れ、竜吉と六助は豊島町一丁目に向かった。

「これから、どうなるんだろうな」

六助が気弱そうに言う。

「どうもこうもあるまい。真相を摑むしかない」

竜吉は息巻いた。

「だが、聞込みだって、神鳴り源蔵のご威光でみんな俺たちの問いに答えてくれたんだ。そのご威光がなくなったら、誰も俺たちを相手にしてくれねえ」

六助は沈んだ声で言う。

「それでもやらなければならねえんだ」

竜吉は悲壮な覚悟で言い、

「六助、おめえが自信がないのは、これからは神鳴り源蔵の威を笠に着ての横柄な態度がとれねえからだな」

「俺は別に威を笠に着てなんかねえ」

六助は憤然と答える。

「気付いていないのか」

竜吉が呆れ返って言う。

「いいか、この際だからもう一度はっきり言ってやろう。聞込みで相手がおめえに下手に出ていたのは神鳴り源蔵の手下だからだ。だが、威張ったぶん、反発され……」

「言うな」

六助が怒鳴った。

「もう、それ以上言うな」

「おや、おめえ」

竜吉はおやっと思った。六助が歯を食いしばっていたのだ。

「どうしたんだ？」

「悔しいんだ」

「悔しい？」

「俺は、神鳴り源蔵は不滅だと思っていた。いつか、神鳴り源蔵から手札をもらって親分と言われるようになれる。そう思い込んでいたんだ。それが、態度に出ていたんだ」

「……」

「でも、まさか神鳴りの旦那がこんなことになるとは……。俺は罰《ばち》が当たったんだ」

「六助、何を言っているんだ?」

竜吉は呆れて、

「おめえ、神鳴りの旦那がこのまま終わってしまうと思っているのか。冗談じゃねえ。俺たちで真相を摑み、神鳴りの旦那の汚名を雪《すす》ぐのだ。神鳴り源蔵がこのまま終わるはずはねえ」

「神鳴り源蔵の後ろ楯がなくて出来るか」

「やるんだ。やるしかねえ」

竜吉は気負って言い、

「六助、神鳴りの旦那に恩を返すいい機会だ。やってやろうじゃないか」

「そうだな。よし、やろう」

六助もやっと元気を取り戻していた。

第三章　素性

一

翌日の朝、鉄砲町の文太の家に六助と行き、簡単な打ち合わせをしてから、竜吉は伊勢町の稲荷長屋に向かった。

数日の内には、時蔵は解き放ちになる。時蔵の無実を、奉行所の与力が明らかにしたのだ。

これ以上の証は不要であった。

稲荷長屋に着き、長屋路地に入って行く。長屋の男たちは仕事に出かけたあとで、井戸端で数人の女が洗濯をしていた。

竜吉はおみねの家の前に立った。腰高障子を開けて、中に呼びかける。

「ごめんなさいよ」

「はい」

鼻筋が通り、美しい顔立ちの女が上がり框にやって来た。

「何の御用でしょうか」

おみねは冷たく言う。

「ご亭主の升吉さんの件で……」

「お話しすることはございません、どうぞ、お引き取りを」

「……」

返事も出来ず、竜吉はおみねの顔を啞然として見つめたが、

「おかみさん」

と、気を取り直して声をかけた。

「おかみさんは、奉行所与力の高坂さまに時蔵を説き伏せてもらうように頼んでいたそうですね」

「ええ」

「そのことを、どうして隠していたんですかえ」

「隠してなんていませんよ」

「じゃあ、なぜ話してくれなかったんですかえ」

「そんなこと、お話しする謂《い》われはありません」

「謂われがないですって。だって、おかみさんが時蔵の名を……」

「やめてください。あなた方のせいで、私まで無実のひとを咎人《とがにん》にすることに加担してしまったのです。帰ってください」

「じゃあ、おかみさん。これだけ教えてください。あなたはご亭主のことを……」

「やめて」

おみねは大きな声を出した。

戸が開いて、額に深い皺のある猿のような顔をした年寄りが顔を出した。

「おみねさん、どうした？　おい、おまえ、おみねさんに何をしたんだ？」

「喜助さん。あっしですよ。神鳴り源蔵の手の者ですよ」

竜吉は呼びかける。

「ああ、おまえさんか。いってえ、なにしているんだ？」

「おみねさんに事情を聞きに来たのです」

「神鳴り源蔵は下手人の取り違えがわかってお役目は当分差し止めになっているんです。それなのにこのひとは勝手に私のところに来て、私を……」

「なんだと、そんな卑劣《ひれつ》なことを考えやがって」

喜助の後ろに長屋の女房たちも集まってきた。

「おみねさん、だいじょうぶかえ。ちょっとおまえさん。おみねさんにちょっかいかけてもだめだよ」

「おみねさん、ちゃんとこのひとたちに話してください」

竜吉はおみねに訴える。

「もう二度と顔を出さないでくださいますか」

「……」

「でなければ」

「わかった。引き上げる」

「喜助さん。もうだいじょうぶです。このひと、もう引き上げますから」

おみねが喜助に言う。

「そうかえ、じゃあ」

喜助が場所を空けた。

竜吉は喜助の脇をすり抜け、土間を出る。女房たちも路地に散った。

あとをついてきた喜助を振り返り、

「喜助さん。升吉さんに時蔵の住まいを教えていた男のことですが」

「ああ、あの男か」

喜助は気乗りしないように、

「声だけで顔を見ちゃいないからな」

と、先走って言う。

「後ろ姿を見たと言ってましたよね」

「そうだったかな」

「細身の遊び人ふうの男だったと」

「ああ、そうだった。だが、うろ覚えだ」

喜助はとぼけたように言う。

以前と態度が違う。何かおかしいと思った。

「その男が引き上げたあと、升吉さんは時蔵に会いに行ったんです。そのあと、升吉さんは殺された。升吉さんを殺したのは時蔵ではなく、別の男が殺し、疑いを時蔵にかけたようなんです」

「そうかえ」

「もしかしたら、下手人は喜助さんが見かけた男かもしれません。そして、その男がおみねさんと親しい……」

「ばかばかしい」

喜助は鼻で笑い、

「おみねさんに、そんな男はいねえよ」

と、言った。

「どうしてわかるのですか」

「おみねさんはそんな女じゃねえ」

「でも、ほんとうはおみねさんと親しい男は喜助さんが見た男だった。それをごまかすために、時蔵の名を出した……」

「そんなこと俺に言われてもな」

「おみねさんと升吉さんの仲はどうだったんですね」

「……」

「あまりうまくいってなかったんでしょう」

「そんなことはねえ」

「そうですかえ。でも、さっきおみねさんに会った限りでは升吉さんが亡くなった悲しみをもう引きずっていませんね」

「喜助さん、ほんとうのこと、教えてくれませんか」

「……」

「ほんとうのこと？」

「そうです。おみねさんは升吉さんと別れたがっていたんじゃないんですか。でも、升吉さんは別れようとはしなかった」

「ばかばかしいぜ」

喜助は吐き捨てて言い、

「じゃあ、俺は家に入るからな」

「あっ、ひとつだけ、教えてください」

「なんだね」

「升吉さんは植木職人でしたね。仕事先で、何か大変なものを見たか聞いたという話を……」

「知らねえな」

喜助は突慳貪に言い、自分の家に入って行った。

竜吉はその足で、浜町堀にある『植定』に向かった。

柴垣の内側に植木が並んでいる。竜吉は柴垣に近付き、植木をいじっている若い男に声をかけた。

「もし、あっしは神鳴り源蔵の手の者で竜吉と言います。定五郎親方にお会いしたいんですが」

剪定鋏を使う手を止め、

「親方ならすぐ傍にいるぜ」

若い職人が顎で示した。その先に、年配の男が縁台に座って煙草をくゆらせながら松の枝を見つめていた。

「庭に入ってよろしいですかえ」

「構わねえよ」

神鳴り源蔵のお役差し止めの件はまだここまでは届いていないのだ。

「では」

竜吉は門にまわって庭に入った。

「定五郎親方」

竜吉は煙管を持っている男に声をかけた。

「うむ？」

定五郎が顔を向けた。

「あっしは神鳴り源蔵の手の者で竜吉と申します。先だって殺された升吉さんのことでお訊ねしたいのですが」

「どんなことだね」

定五郎は煙管の雁首を煙草盆の灰吹にぽんと叩いて言う。

「升吉さんの最近の出入り先を教えていただきたいと思いまして」

「出入り先？」

「へえ、どこかのお屋敷か大店の庭など……」

「いや、ないな」

「ない？」

「去年、木の枝から落ちて怪我を負った。その間、かみさんが働きに出た。それがよくなかったんだ。おみねさんに男が出来たと邪推し、荒れだした。傷は治ったが、働く気力をなくしてしまった」

「じゃあ、仕事は……」

「してねえ。酒と博打、そして、かみさんを罵《ののし》るのが日課だ。何度も諭《さと》したが、だめだった」

「それから、仕事はしていないんですか」

「してねえ。かみさんの稼ぎで暮らしていた」

「おみねさんと升吉さんの仲はどうだったのですか。そんなじゃ、おみねさんは升吉さんに愛想《あいそ》尽かしをしてもおかしくないと思いますが？」

「そうだろうな」

「おみねさんは升吉さんと別れようとはしなかったのでしょうか」

「わからねえ。まったく仕事をしなくなった男を養って行くのは忍耐がいるだろうしな」

やはり、おみねが升吉を邪魔な存在に思いはじめていたのは間違いないようだ。

ただ、升吉が仕事をしていなかったとなると、自分の想像が崩れることになる。

庭仕事のときに何かの秘密を見たか聞いたかしたのではないかと考えたが、それは違っていたようだ。

「最後に升吉さんに会ったのはいつごろですかえ」

「ひと月前だ」

「そんとき、升吉さんは何か変なことを言ってませんでしたか」

「変なこと？」

「へえ、誰かの秘密を知ったとか」

「いや、そんなことは話しちゃいなかった。ただ、こんなことを言っていた」

「なんですね」

「おみねの相手をきっと突き止めてやると」

「おみねさんにはほんとうに男がいたんですかえ」

「そんなこと、俺が知るわけねえ。ただ、升吉は信じこんでいた」

「升吉さんから飛驒屋とか時蔵とかいう名を聞いたことはありますかえ」

「ないな」

「そうですかえ。ありがとうございました。あっ、もうひとつ。升吉さんは、おみねの相手をきっと突き止めてやると言ったそうですが、どうやって突き止めるかは話してませんでしたか」

「それはひとつしかねえ」

「『百川』を見張ることですか」

「そうだ。そんなことを言っていたようだ」

「そうですか。わかりました」

竜吉は礼を言って、『植定』をあとにした。

いくつかわかったことがあった。

升吉はおみねの相手を時蔵だと思っていたというが、その話はおみねから出たものだ。

仕事帰りを待ち伏せていた時蔵といっしょにいるところを、迎えにきた升吉がたまたま見て誤解したというが、升吉は迎えに行ったのではなく、相手の男を探りに行ったのだ。

ひと月前までは、升吉はおみねの相手が誰かまだ知らなかった。それで、相手を知ろうと、『百川』を見張ることにしたのだ。

そのとき、升吉は何かを見たのだ。もちろん、『飛騨屋』絡みだ。

それから半刻（一時間）余り、竜吉は深川万年町の閻魔長屋にやってきた。

路地に出てきた女に声をかけた。

「おや、おまえさんは？」

「はい、神鳴り源蔵の手の者で、竜吉って言います」

竜吉は名乗ってから、

「六日の夜、時蔵さんを訪ねて男が来たと思うのですが、覚えていらっしゃいますか」

と、きいた。

「そう、以前おまえさんたちが来たときに言おうとしていたんだけど、あの日は誰も来ちゃいませんよ」

「ほんとうですかえ」

「ええ。だって、夕方から時蔵さんは出かけてましたから」

「出かけていた？　六つ半（午後七時）ごろ、時蔵さんはここにいなかったってことですかえ」

「そうよ」

「間違いありませんかえ」

「ええ。その日、買い物から帰ったとき、木戸口で出かける時蔵さんと会いましたから」

「確かに、六日でしたか」

「六日です。その日は芝にいる叔母《おば》の家に行った帰りでしたから」

「なぜ、早くそのことを話して……」

今さら言っても詮ないことだ。

「きかれたら話したけど、おまえさんたち、私にきかなかったじゃない」

「……」

あっと、竜吉は胸を突かれた。

升吉は時蔵のところに行ったと、喜助から聞かされていた。その上に、時蔵が、升吉がやって来たと話した。だから、他の住人には確かめもしなかった。迂闊《うかつ》だったかもしれない。

他の長屋の住人にも升吉のことを訊ねたが、誰も見かけていなかった。やはり、ここに升吉が時蔵を訪ねてきたというのは嘘だった。

たまたま誰も見ていなかっただけだとしても、升吉は時蔵におみねにつきまとうなという話をしたとは思えない。

そのようなやりとりがあれば、他の住人の耳に入っているはずだ。

もはや、升吉がこの長屋にやってきた証はない。そう考えざるを得なかった。

長屋木戸を出てから、竜吉は改めて升吉殺しの真相を考えた。やがて、用意周到に企てられていたことだとわかり、その罠にすっぽりはまってしまったことに、竜吉は地団太を踏む思いだった。

二

永代橋に差しかかったとき、竜吉は文太と六助がやってくるのに出会った。ふたりとも、渋い顔をしていた。

「親分」

竜吉は駆けつけ声をかけた。

「これから、『飛驒屋』ですかえ」

「そうだ。そっちはどうだった？」

「へえ、おみねは神鳴りの旦那がお役差し止めになったことで、頑《かたく》なになって、こっちの話に聞く耳をもちません」

「そうだろうな。こっちも同じだ」

文太が忌ま忌ましげに言う。

「同じ？」

「喜久三の家の周りを聞込みしていたら、臨時廻りの島本勘四郎という同心に追い払われた。源蔵はお役差し止めだ、とな」

「島本勘四郎が喜久三夫婦殺しも升吉殺しも調べるそうだ」

六助が口許を歪めた。

「絶対真相なんか摑めそうもありませんぜ」

竜吉は無念そうに言う。

『飛騨屋』に向かうふたりについて行きながら、竜吉は調べたことを話した。

「やはり、時蔵はおみねと最初《はな》から示し合わせていたってことか」

「そうだと思いますぜ。おみねは仕事をしなくなった升吉に愛想を尽かした。それと同時に、升吉は飛騨屋の秘密を握ったんですよ。おみねと飛騨屋ともに、升吉が邪魔になった」

「そういうことか」

文太は頷き、

「このことを持ち出して、飛騨屋を揺さぶってみよう」

と、闘志を剝き出しにした。

富ヶ岡八幡宮前を過ぎ、入船町にやって来た。

『飛騨屋』の戸口に立ち、土間を見まわし、番頭を見つける。

文太が近づいて行き、

「番頭さん。すまねえが、旦那を呼んでくださらないか」

と、声をかけた。

「おや、おまえさん方はたしか神鳴り源蔵さまの？」

番頭がしらじらしくきく。

「そうだ」

「神鳴り源蔵さまはお役差し止めになったと聞いております。そうであれば、おまえさん方はただのひと。どうぞ、お引き取りください」

「差し止めは一時《いっとき》ですぜ。あとで、復活したら、おまえさんは困ったことになるぜ」

文太が怒りを露《あらわ》にした。

「神鳴り源蔵さまはお役を解《と》かれると聞いています。蘇《よみがえ》ることはありません。さあ、帰った、帰った」

番頭は乱暴に追い出そうとした。

「番頭さん」

竜吉が立ちふさがるように番頭の前に立って、

「飛驒屋さんにお伝え願えませんか。『百川』で、殺された升吉さんが飛驒屋さんともうひとりの男がいっしょのところを見ていたんですよ。升吉さんはその後、相手の名を知ったそうです。お願いしましたぜ」

『飛驒屋』を出て、

「竜吉、今の話はほんとうなのか」

と、文太がきいた。

「いえ。あまりに癪《しゃく》に障《さわ》るものだから、少し驚かせてやろうと思いまして」

「嘘か」

六助が落胆して言う。

「でも、思い当たりますぜ」

竜吉は言い放つ。

「誰だ?」

「喜久三しかいません」

「喜久三?」

「飛驒屋と喜久三が『百川』で会っていたところを、升吉に見られた、だから、升吉を殺したんじゃないですか」

「しかし、単に会っていただけでは殺そうとは思わないいんじゃねえのか」

六助が首を傾げる。

「たとえば、飛騨屋が喜久三に金を渡していたら……」

「どういうことだ？」

文太が立ちどまってきく。

「喜久三が羽振りのいいわけは、飛騨屋から金をもらっているからではありませんか」

「飛騨屋から金？」

「喜久三は飛騨屋の弱みを握っていたんじゃないかと思うんです」

「飛騨屋の弱みってなんだ？」

六助がきく。

「喜久三は『美濃屋』に奉公していたんです。それが、今では仲買人として飛騨屋とべったり……」

「なるほど、『美濃屋』がだめになった裏に、飛騨屋がいたというわけだな」

文太が大きく頷き、

「よし。まず、これらのことを旦那に報《しら》せよう」

と、先を急いだ。

夕方に、文太ら三人は八丁堀の屋敷に源蔵を訪ねた。

だが、源蔵は屋敷にいなかった。

「出歩いてだいじょうぶなんですか」

文太が静江にきいた。

「おとなしくしているひとではありませんから」

妻女の静江は苦笑し、

「じき戻りますから、どうぞお上がりになって」

と勧めたが、文太は庭先で待たせてもらうと答えた。

「遠慮なさらずとも」

「いえ、ここで。ちょっと井戸を使わせていただきます」

文太は言い、三人で勝手口の近くにある井戸に行き、足を濯《ゆす》いだ。

四半刻（三十分）後、竜吉が門まで様子を見に行くと、ちょうど編笠に着流しの侍が門を入ってきた。

「旦那」

笠をとった顔は源蔵だった。

「来ていたのか」

「へい。庭先で待っています」

「わかった」

源蔵は玄関に向かった。

竜吉は庭木戸を通って庭に行く。

「旦那が帰ってきなすった」

竜吉は文太と六助に告げた。

しばらくして、源蔵が濡縁に顔を出した。

「ご苦労だった。さあ、上がれ」

「へえ」

文太は会釈をして、濡縁に上がる。六助、竜吉と続く。

部屋で源蔵と向かい合った。

「旦那、どちらに？」

「御徒目付《おかちめつけ》のところだ」

文太が不思議そうにきく。

「御徒目付？」

「うむ。まだ、これからだ」

源蔵が多くを語ろうとしなかったのは、まだものになるという手応えがつかめていないからだろう。

文太もそれ以上はきかなかった。

「そっちの話を聞こうか」

源蔵が促す。

「あっしらのほうはてんでだめでした。喜久三殺しの探索に臨時廻りの島本勘四郎さまが出張っていて、あっしらは締め出されました。また、『飛騨屋』でも、番頭の態度がけんもほろろで」

「そうか」

源蔵は苦い顔をした。

「でも、竜吉のほうに進展がありました。竜吉」

「へい」

文太に促され、竜吉は切り出した。

「まず、おみねに会ってきましたが、やはりけんもほろろの体《てい》でした。喜助という年寄りも同じでした。さっするに、このふたりは手を組んでいると思われます」

竜吉は経緯を話してから、

「おみねは升吉と別れたがっていたように思えます。また、升吉はおみねの相手の男を探り出すために『百川』に行き、飛騨屋の秘密を見てしまったのではないかと思います。想像すれば、喜久三と会っていたのではないかと。さらに言えば、飛騨屋が喜久三に金を渡すところだったのでは……」

「うむ。竜吉、よく調べた」

源蔵は讃えてから、

「おそらく、竜吉の考えどおりだろう。喜久三は長年飛騨屋をゆすり続けていたのではないか。それから逃れるために、飛騨屋は喜久三を抹殺しようとしたのだ。ところが、升吉に見られてしまった。これで、もし喜久三が殺された場合、升吉は飛騨屋に疑いを向けるかもしれない。そこで、おみねの件を利用して升吉を消そうとした。飛騨屋の狡猾《こうかつ》なところは、併せて俺を潰そうとしたことだ」

「与力の高坂さまも仲間ですね」

竜吉は不快そうに言う。

「おそらくな」

源蔵は吐息をもらし、

「どこまで深く関わっているかわからないが、高坂さまと飛驒屋は深い結びつきがある。俺を差し止めにすることも高坂さまの力があるから出来たのだ」

「奉行所与力のくせしやがって」

六助が不快そうに吐き捨てた。

「でも、なぜですかえ。喜久三夫婦殺しに乗じて、旦那を罠にかけようなんて、危ない橋を渡るようなもんじゃありませんかえ。飛驒屋にしたら、他にもっといい手立てがあるように思えますが」

文太が疑問を呈する。

「この先、何かを画策しているとしか思えぬ」

「なんでしょう」

文太が小首を傾げる。

「わからん。だが、『美濃屋』の一件が気になる」

「旦那、ひょっとして、御徒目付に会いに行ったのは旗本の有村善右衛門……」

竜吉は口にした。二千石の旗本有村善右衛門の屋敷が付け火に遭って全焼した。ところが一時、付け火ではなく有村善右衛門の屋敷の失火ではないかと疑われた。

だが、終わってみれば付け火ということで落ち着いた。

「そうだ、有村さまの一件をききに行った。何者かが塀の外から火縄に火を付けて煙硝《えんしょう》を包んだ布を屋敷に向かって投げた、すなわち付け火ということで落ち着いた。が、結局火を付けた者はわからなかった。この一件が今回のことに繋がっているかどうかわからないが、念のために調べておこうと思ってな」

「御徒目付はなんと？」

竜吉はきいた。

「屋敷の中から出火したのは間違いないが、煙硝を包んだ布が投げ込まれたという形跡はなかったそうだ」

「と言いますと、やはり失火で？」

「そうだ。調べた者たちは有村家の失火と見ていた、だが、結局付け火ということになった。上からの沙汰があったそうだ」

「つまり、有村さまの名誉を守るために強い力が働いたというのですね」

竜吉は不快そうに言う。

「有村さまはそんなに力があるのですか」

六助が口をはさむ。

「老中《ろうじゅう》とは姻戚縁者にあたるらしい」

「それにしても」

文太が首を傾げ、

「その件が今回とどう結びつくんでしょうか。有村家の失火だったとしたら、今回の件との結びつきは考えにくいと思いますが」

と、疑問を口にする。

「確かに、そうだ。ただ、気になることがある」

源蔵は思案顔で顎に手をやる。

「なんでしょうか」

文太が身を乗り出す。

「失火ではないかという疑いで調べたにしては三か月間は時が掛かり過ぎではないか。そのことが知りたかったのだ。だが、御徒目付どのもわからなかった」

「誰の火の不始末か、特定するのに手間取ったのでは……。失火の原因が有村さまだったら、家来たちがかばうはずです。だから、真相が明らかになるまで時がかかった」

六助が自分の考えを述べた。

「そのことは十分に考えられるが……」

源蔵は厳しい顔になって、

「いずれにしろ、有村家の火事と今回の件との結びつきは見いだせなかった」

「旦那」

竜吉は考え考え口にした。

「有村家の材木を調達したのが『美濃屋』ですね。『美濃屋』が材木の代金をもらえずに困っているのを助けたのが『飛騨屋』です。『飛騨屋』が関わっていることが、どうしても気になるのですが」

「じつは俺もそこに引っかかっている。だから、有村家の火事を調べたんだが……」

源蔵は濃い眉根を寄せ、

「『飛騨屋』がかかわってくるのは有村家の普請の差し止めのあとだ。それまでは、有村家と『美濃屋』との取引で、『飛騨屋』は関わっていないのだ。つまり、有村家の火事と『飛騨屋』は結びつかない」

これが付け火だったら『飛騨屋』の主人の意を受けた者が火を付けたということも考えられるが、付け火の証はないのだ。

やはり、有村家の件は関わりないとみていい。

「今後のことだが、喜久三殺しのほうは島本どのが携わり、こっちとしてはやりづらい。だから、こっちは升吉殺しに的を絞る。下手人は時蔵に違いない。二、三日中には時蔵は娑婆《しゃば》に出てくる。時蔵につきまとうのだ」

「わかりました」

「よし。酒の支度をさせよう」

「あっ、旦那。お気遣い無用ですぜ」

文太が遠慮した。

「六助。おめえは呑みたいんじゃないのか」

源蔵が舌なめずりをした六助を見て言う。

「へえ、いただけるものなら」

「六助。遠慮しろ」

文太が叱りつけ、

「騒動が解決したときならともかく、いつもいつもご新造さんに忙しい思いをさせられません」

「何、遠慮するな」

「旦那。旦那はお役差し止めの身なんですぜ。それなのに酒宴なんかいけません」

「お役差し止めなんて一時のことだ」

「ともかく、差し止めが解かれるまで遠慮しておきます。早く真相を摑んで悪い奴らを牢に送り込んで、うまい酒を呑むことにします」

文太は覚悟を見せて言う。

竜吉は文太の心情に胸を打たれ、

「旦那。親分の言うとおりだ。呑気《のんき》に酒なんか呑んでられません。まずは騒動の早い解決を目指します」

と、意気込んで見せた。

「俺だってそうだ」

あわてて、六助が言う。

「よく言ってくれた。厳しいありさまだが、頼んだぜ」

源蔵が厳しい顔で頭を下げた。

「旦那。やめてくださいな」

文太があわてて言うが、源蔵はすぐには頭を上げなかった。逆風の中で苦労させることを詫びているかのようだった。

八丁堀の源蔵の屋敷を出て、いつものように三人で帰途についた。

「いいか。なんとしてでも、真相を暴くんだ。旦那が言うように、時蔵に狙いを絞る」

夜道を歩きながら、文太が言う。

「その前に、『百川』で飛騨屋と喜久三が会っていたという証を見つけたい。『百川』の女将は飛騨屋に言い含められているだろうからほんとうのことは喋ってくれないはずだ」

「おみねも仲間です。となると、他の女中に近づくしかありませんぜ」

六助が言う。

「そうだ。ふたりで、『百川』の女中に近づくのだ」

「わかりました」

鉄砲町で文太と別れ、竜吉と六助は豊島町一丁目にある一膳飯屋《いちぜんめしや》で夕餉をとり、吉兵衛店に帰ってきた。

木戸を入りかけて、六助が立ちどまって振り返った。

「どうした？」

竜吉は不思議そうにきく。

「いや、なんとなくひとの視線を感じたのだ。誰かに見つめられているような……」

竜吉も振り返り、通りを見つめた。小商いの店が並ぶ通りは犬が横切っただけで、ひと影はなかった。

「気のせいだったか」

六助は苦笑し、木戸を入った。

だが、竜吉は気になった。

「おい。どうしたんだ?」

「いや、なんでもない」

思い過ごしだと自分に言い聞かせ、竜吉は長屋に入って行った。

「じゃあ、明日」

六助と右と左に分かれ、竜吉は自分の家に入った。

行灯に灯を入れ、竜吉は七蔵の位牌に手を合わせ、枕屏風をどけてふとんを敷いた。そのとき、腰高障子の外にひとの気配がした。

竜吉は足音を忍ばせ、土間に下りた。そっと戸に近づき、外の様子を窺う。去って行くような足音が聞こえた。竜吉は戸を開けた。木戸を出て行く後ろ姿が一瞬だけ見えた。遊び人ふうの男だ。長屋の人間ではない。

竜吉は飛び出して木戸まで駆けた。

木戸を出て通りの左右を見たが、ひと影はなかった。果たして、こっちの様子を探っていたのかどうかはわからない。

だが、竜吉は部屋に戻っても、今の男のことが気になってならなかった。

三

翌朝、竜吉と六助は日本橋室町三丁目の浮世小路にある『百川』の前まで行った。

まだ、店は開いていない。裏口を見通せる場所で眺めていると、ぼちぼち、通いの女中がやって来ていた。

客として乗り込むわけにはいかなかった。おみねに顔を知られていて、探りに来たと警戒されてしまう。

「あの女」

六助が裏口を入って行く大年増を見て、

「あのぐらいの年配のほうが、店の事情をいろいろ知っていよう。それに、おみねのような若い女中を面白く思っていないに違いない」

と、勝手に想像して言う。

「いいだろう。じゃあ、夜、あの女が引き上げるところで声をかけよう」

「よし」

ふたりは『百川』から離れた。

「これから、どうする？」

六助がきいた。

「稲荷長屋の喜助っていう年寄りも一枚かんでいる。あの年寄り、嘘をついていた。時蔵の居場所を知らせに来た男なんていなかったんだ。あの年寄りとおみねの関わりを知りたい」

「よし」

六助は応じたが、すぐ困惑した体で、

「問題はどうやって調べるかだな。長屋の連中にきいてまわったら、喜助にこっちの動きがばれてしまう」

「いや、ばれてもいい。かえって喜助に脅しをかけて焦らせることになるかもしれない。行ってみよう」

「わかった」

ふたりは伊勢町に向かった。

稲荷長屋に近づいたとき、木戸から巻羽織《まきばおり》に着流しの侍が出てきた。その後ろに小者がふたりついてきた。

「あれは臨時廻りの島本勘四郎じゃねえのか」

六助が舌打ちして、

「ちくしょう。こっちまでしゃしゃり出てきやがったか」

ふたりは身を隠して、島本勘四郎をやり過ごした。

「よし、行こう」

六助が先に長屋木戸に向かって歩きだした。

木戸を入ると、数人の長屋の住人が路地に出ていた。その中に、喜助の顔があった。

「おまえさんたち、勝手に長屋に入ってこないでおくれ」

年配の女が竜吉と六助の前に出てきた。

「俺たちは神鳴り源蔵の……」

「知っているよ。無茶な取り調べで無実の男を牢に送り込んで、いまは謹慎させられているそうじゃないか。おまえさんたちも同罪だと、さっき同心の旦那が言っていたよ」

「おかみさん、そいつは違うんだ。あれは……」

「さあ、帰っておくれ」

年配の女が言うと、他の者たちもいっしょになって、帰れと叫んだ。

女たちの後ろで、喜助がほくそ笑んでいた。

「おめえたち、神鳴り源蔵がどんな同心か知らねえわけじゃねえだろう」

六助が声を張り上げた。

「謹慎させられているのは間違いないだろう。さっきの旦那が言っていたよ。いずれ、御役御免になるって」

「なんだと」

「よせ」

竜吉は六助の腕を摑んだ。

「引き上げよう」

「冗談じゃねえ」

「いいから」

竜吉は六助を引っ張って木戸に向かう。

「誰か、塩を撒《ま》いておけ」

聞こえた声は喜助だ。

木戸を出て、伊勢町堀まで行った。堀沿いには蔵が並んでいる。道浄橋《どうじょうばし》の袂《たもと》から塩河岸《しおがし》の手前の堀端に行った。

「ちくしょう。こんな目に遭うなんて」

六助が悔し涙を流さんばかりに呻いた。

「仕方ねえ」

「仕方ねえだと。おめえ悔しくねえのか」

「悔しいさ。俺だって、言い返したい」

竜吉は心を静めるように息を深く吐いた。

「神鳴り源蔵といえば、江戸のひとたちの味方だ。弱きを助け、強きを挫《くじ》く。そういう同心だと皆知っているはずだ。それなのに、手のひらを返したように……」

「騙されているんだ。あのひとたちが悪いんじゃない」

竜吉は自分自身に言い聞かせるように言い、

「悪いのは飛驒屋だ」

と、叫んだ。

その後、堀端にしゃがんだまま口をきくことも忘れ、ただ茫然としていた。六助も黙っていた。

不思議なことに月潟村のことが蘇った。辛い稽古に明け暮れていた頃のことだ。小さな赤い獅子頭を頭に、筒袖の着物に襷《たすき》をかけ、裁《た》っ着《つ》け袴《ばかま》を穿《は》いて、ふたりひと組で『肩櫓《かたやぐら》』、『大井川《おおいがわ》の川越え』などの曲芸の稽古をしていた。

「なんか、いつかもこんなふうにふたりで惚《ほう》けたようになっていたことがあったな」

ふいに六助が口をきいた。

「ああ、あのときだ」

「あのとき？」

「おようさんのことだ」

あっと、六助は声を上げた。

獅子児になるための稽古は辛かったが、それ以上に、皆は親が恋しくて泣いた。近在の村民の子がほとんどだったが、中には孤児《みなしご》や売られて来た子も少なくなかった。

竜吉も六助も孤児だった。そんな中で、親方の娘のおようはやさしく、いつも姉のように接してくれた。

稽古の辛さに泣いていると、飴玉をくれてなぐさめてくれた。子どもだったが、やさしくてきれいなおようは心をときめかしたものだった。

ふたりにとって憧れの女だった。月潟村から逃げたあとでも、ふとしたときに思いだし、懐かしんだものだった。

だが、運命は皮肉だった。その後、およう江戸で再会したが、昔のおようではなかった。盗人の情婦になり下がっていた。

「あの女のことを思いだすと、胸が引き裂かれそうになる。あんな毒婦になっていたとはな」

六助はやりきれないように言う。

「確かに、毒婦になっていたことに胸が痛んだが、俺たちにやさしくし、慰めてくれたりしたことをまったく覚えていなかったことに啞然とした。飴玉をくれたり、やさしい言葉を投げかけてくれたのは単なる気まぐれからだったんだ。だから、まったく覚えていなかったんだ」

今思いだしても、悔し涙が出そうになる。おようのやさしさは月潟村での辛い日々を甘酸っぱい思い出に変えてくれていたのだ。

「ちくしょう」

竜吉は吐き捨てて、立ち上がった。

おようのことを振り払うように、

「六助、これから仲買人の久米吉の家に行こう」

「久米吉？」

「喜助とおみねはぐるだ。おみねに同情して加担したとも考えられるが、喜助は飛騨屋と関係があるのではないか。飛騨屋に頼まれて、升吉殺しに手を貸したとも考えられる。仲買人の久米吉なら喜助のことを知っているかもしれない」

「そうだな。よし、行ってみよう」

だめでもともとだという気持ちで、ふたりは横山町に向かった。

久米吉の家に行くと、奉公人らしい若い男が出てきた。

「久米吉さん、いらっしゃいますか」

竜吉は声をかける。

「どちらさまで？」

若い男がきいた。

「南町の同心の手の者です」

竜吉は源蔵の名を隠した。

「少々、お待ち下さい」

若い男は奥に引っ込んで、代わりに久米吉がやってきた。羽織姿で、外出するところだったようだ。

「間に合ってよかった」

竜吉は思わず呟いた。

「おまえさんたちは確か……」

「神鳴り源蔵の手の者です。ちょっと教えていただきたいことがあるんです」

竜吉はおそるおそる言う。

「なんですね」

久米吉は源蔵がお役差し止めになっていることは知らないようだった。竜吉は安心し、

「伊勢町の稲荷長屋に、喜助という年寄りが住んでいるんですが、ご存じありませんか」

「喜助さんですかえ」

久米吉は首を傾げた。

「『飛騨屋』に関わっていたんじゃないかと思うんですが」

「『飛騨屋』さんですかえ」

久米吉は首をひねった。

「どうだったかな。いや、そんな名の男はいなかったと思うが……」

「下男では？」

「いや。下男にそんな年寄りはいなかった」

「そうですか」

ふと思いついて、竜吉は口を開いた。

「『美濃屋』はどうでしょうか。『美濃屋』にはいませんでしたか」

「聞いたことはないですね。少なくとも、あっしは知りません。もちろん、奉公人を皆知っているわけじゃありませんが……」

「そうですか」

「すみません。出かけなくてはならないので」

「申し訳ありません」

竜吉は礼を言って、引き上げた。

「久米吉は、神鳴りの旦那のことを知っていて、いい加減な返事をしていたんじゃねえのか」

六助は不審を抱いて言う。

「いや、旦那のことは耳に入っていないようだった。嘘はついていない。だが、ほんとうに喜助が『飛騨屋』か『美濃屋』に関わりがあるかどうかわからない」

「そうだな」

「稲荷長屋の大家にきいてみたらどうだ？　神鳴りの旦那のことを聞いていたとしても、大家だったら、そんなに冷たい態度はとらないと思うんだが」

六助が言う。

「そうだな。喜助の過去ぐらい話してくれるかもしれない」

竜吉はもはやそれしかないと思った。

「よし、行こう」

ふたりは再び、伊勢町に戻った。

木戸の脇にある鼻緒《はなお》屋が大家の家だった。

「ごめんなさい」

今度は六助が店番の年配の女に声をかけた。

「大家さんのお家はこちらで？」

「はい。待ってください」

女は奥に向かって声をかけた。

「おまえさん」

しばらくして、恰幅のいい男が出てきた。

「尾上さまの？」

「はい。鉄砲町の文太の手下で、六助と言いやす。こっちが竜吉」

「尾上さまもとんだことで」

大家は同情するように言った。

「へえ」

六助は頭を軽く下げてから、

「大家さん。住人の喜助さんのことで教えていただきたいんですが」

六助が切り出す。以前の横柄さは影を潜めていた。

「喜助のことですか」

大家は不審そうな顔をした。

「いえ、たいしたことではないんで。以前、木場《きば》にいたひとじゃないかと思ったんで、そのことを確かめに」

「木場?」

「へえ、材木問屋で働いていたんじゃないかと」

「いえ。喜助さんはもともと鋳掛《いか》け屋をやっていたそうです」

「鋳掛け屋?」

鍋、釜の修理をする職人だ。

「この長屋にやって来たのは三年前です。それまでは本郷《ほんごう》のほうに住んでいたそうです」

「なぜ、こっちに?」

「孫娘が亡くなって、いっしょに暮らした家に住むのは辛いと」

「孫娘を亡くした?」

「ええ。なんで亡くなったかは言いませんが、かなり応《こた》えたようです。そうそう、隣のおみねさんが孫娘によく似ていると言ってました」

「じゃあ、亭主の升吉さんのことで苦労しているおみねさんには同情していたんですね」

「そのようですね」

「本郷のどこに住んでいたのかわかりませんか」

竜吉が脇からきいた。

「本人におききになれば？」

大家は不思議そうに言う。

「それが、だめなんです。あっしらを目の敵にして」

六助が答える。

「そうですか」

大家は事情を察し、

「同心の島本さまがさんざん尾上さまを悪く言ってましたからね。そのせいでしょう」

「そんなにひどいことを言っていたんですか」

六助が顔色を変えた。

「手柄が欲しくて、升吉殺しの下手人をでっち上げたと。こういうことは今までにもあったかもしれないと……」

「そんなことを」

竜吉は唖然とした。

島本勘四郎はあちこちで神鳴り源蔵の悪口を吹聴《ふいちょう》しているのだ。

「大家さん」

竜吉は哀願するように、

「喜助さんから本郷のどこに住んでいたかこっそりきき出してもらえないでしょうか」

「それが大事なんですか」

「孫娘がどうして亡くなったのか、知りたいんです」

「わかりました。機会があれば、きいてみましょう」

「お願いします」

ふたりは、大家の家を辞去した。


その夜、竜吉と六助は浮世小路の『百川』の裏口を見通せる場所に立った。背後は大店の裏手だ。

まだ、五つ（午後八時）をまわったところなので、裏口の戸が開かれる気配はない。

「ちょっと表のほうを見てくる」

六助が走って行った。

竜吉はひとりで『百川』の裏口を見ていた。神鳴り源蔵がお役差し止めになって唯一《ゆいいつ》よかったのは、六助が己の勘違いに気付いたことだ。

神鳴り源蔵の手の者といえば、どんな相手も頭を下げてきた。だんだん、六助は自分が偉くなったと錯覚するようになり、相手に横柄な態度をとるようになった。

源蔵の威光がきかなくなって、はじめて己の無力さを思い知らされたのに違いない。

暗がりから足音が聞こえた。六助が戻ってきたのだ。

「ずいぶん賑《にぎ》わっているようだ。だが、ぼちぼち客が引き上げて行く」

それから半刻（一時間）経って、裏口の戸が開いた。若い女がふたり、風呂敷《ふろしき》包《づつみ》を抱いて出てきた。

それから順次、通いの女たちが引き上げて行く。

「おみねだ」

六助が声を発した。

「連れがいるな」

おみねは朋輩と共に表通りに向かった。迎えの男がいるような様子はなかった。

それから四半刻（三十分）後、朝見かけた女が出てきた。三十路《みそじ》は過ぎている。

大通りに出て、須田町《すだちよう》のほうに向かう。竜吉は女に追いついて声をかけた。

「もし、すみません」

女が足を止めた。

ふたりの男が迫ってくるように思ったのか、怯《おび》えたように後退《あとずさ》った。

「驚かせてすまねえ。俺たちは神鳴り源蔵の手の者で竜吉と六助っていいます」

「神鳴り源蔵……」

「そうです。ちょっと事情があって正面切って聞込みに行けないので、お帰りの際にこうしてお声をかけさせていただきました」

「事情？　ああ、お役差し止めだそうね」

「へえ」

やっぱり、『百川』の奉公人にはその話が伝わっているのだ。竜吉はため息をついてから、

「ちょっとお話をお聞かせ願えませんか」

と、半ば諦めながら口にした。

「わかったわ」

「えっ、いいんですかえ」

「ここじゃ、人目につくわ」

女は路地に入り、天水桶《てんすいおけ》の脇に行った。

「すまねえ」

六助も頭を下げた。

「で、なに？」

「先日、仲買人の喜久三夫婦が殺されました。喜久三は『百川』に飛騨屋といっしょに来てませんでしたか」

「座敷には来ていません」

「座敷には？」

「ええ。でも、ときたま、飛騨屋さんに会いに来てました。何度か喜久三さんが参りましたって、お座敷の飛騨屋さんに伝えに行ったことがあります」

「喜久三はどこに？」

「勝手口にやって来ました」

「そこで、飛騨屋と喜久三は会っていたんですね。何をしていたんでしょうか」

「飛騨屋さんは喜久三さんに何か渡してましたね」

「金でしょうか」

竜吉は言う。

「さあ、わからないわ」

「おみねさんのご亭主の升吉さんは来ませんでしたか」

「いえ、私は見てないわ」

「おみねさんと親しくしている男は誰なんでしょうね」

「さあ、私は知らないわ」

微かに女の目が泳いだような気がした。

「あなたから聞いたとは決して言いません。教えてくれませんか」

「だって知らないものは……」

「ひょっとして飛驒屋さんでは？」

竜吉は思いつきを口にした。

「……」

女は困惑ぎみに押し黙った。

「そうなんですか」

かえって竜吉のほうが驚いた。

「そうだって言ってないわ。確かに、飛驒屋さんはおみねさんを可愛がっているけど、そういう仲かどうかは……。それに、近頃では南町の高坂さまがおみねさんにご執心のようですから」

「高坂さまが？」

飛驒屋は高坂又五郎を懐柔するためにおみねを使っているのでは……。

「ねえ、私が喋ったなんて言わないでちょうだい」

「わかってます」

竜吉は六助に顔を向けた。

六助は目顔で頷いた。

「いろいろありがとうございました。助かりました」

竜吉は礼を言う。

「でも、どうしてあっしらの話を聞いてくだすったんですか。神鳴り源蔵の悪口を聞かされていたんじゃ？」

「そんな悪口、信じちゃいませんよ。神鳴りの旦那が強引に咎のないひとを捕縛するなんて信じられないわ」

「ありがてえ」

思わず、六助が声を上げた。

「神鳴り源蔵さまを信じているひとはたくさんいますよ。じゃあ、私は」

女は路地を出て帰って行った。

「聞いたか、竜吉。神鳴り源蔵さまを信じているひとはたくさんいるって言っていたぜ」

「ああ、聞いた」

「まんざら捨てたもんじゃねえな」

六助が涙声になった。

「なんだ、泣いているのか」

「泣いているわけじゃねえ。うれしいんだ。うれしいのに、涙なんかが出るわけはねえ」

そう言いながら、六助は目尻を濡らしていた。竜吉もまた瞼が熱くなっていた。

四

翌日の朝、時蔵が解き放ちになった。

小伝馬町の牢屋敷から時蔵が出てきた。数歩歩いてうしろを振り返った。顔を戻して歩きはじめた、時蔵はほくそ笑んだ。

「あの野郎、いまに見ていやがれ」

陰から覗いていた六助が怒りを見せた。

時蔵のあとを竜吉と六助が追う。

時蔵が立ちどまった。竜吉と六助も足を止めた。時蔵がおもむろに振り返った。

「おや、無実の者を捕まえたことを詫びるために待っていたのか」

時蔵はにやついていた。

「どうして出て来たんだ？」

六助がきいた。

「へんなことをきくな。俺はひと殺しなどしていないんだ。疑いが晴れたから、こうして堂々と外に出てきたんだ。当たり前のことだぜ」

時蔵はにやつきながら、

「神鳴り源蔵はどうしている？　無実の者を捕まえたことを毎日悔いて、泣いて暮らしているんじゃないのか」

「時蔵、大口を叩けるのは今のうちだ。すぐ牢に舞い戻るんだ。娑婆での束の間を無駄にしないようにな」

竜吉はわざと静かに口を開いた。

「負け惜しみか」

「そう思うなら、そう思っていればいい。確かに、俺たちは詰めが甘かった。まさか、おみねの情夫が飛騨屋だとは思わなかったからな。これから、おめえと飛騨屋の関わりをとことん調べさせてもらうぜ」

「………」

時蔵が眉根を寄せた。

「どうした？　図星《ずぼし》を指されて声が出ねえか」

「呆れ返っただけだ」

時蔵は冷笑を浮かべ、

「これ以上、神鳴り源蔵に迷惑をかけないほうがいいと思うぜ」

そう言い捨て、時蔵は去って行った。

「あの野郎」

六助が見送りながら拳《こぶし》を握りしめた。

「妙だな」

竜吉はふと気になった。

「どうした?」

六助が不思議そうにきく。

「時蔵は今度の件で、どんな得をしたんだ?」

「それは金だろう。飛騨屋から金をもらってやったんだ」

「飛騨屋はどうやって時蔵のことを知ったのだ。時蔵は殺しの請負人とは思えねえ。それなのに、金のためだけに升吉を殺しただけでなく、牢にも入ったのか」

「それだけたんまり飛騨屋から金が出たってことだろう」

六助が当たり前のように言う。

「飛騨屋が喜久三を殺したのは秘密を握られてゆすられていたからだ。今度は時蔵にゆすられる恐れがある。そのことを考えなかったのか」

「……」

「そもそも、どうやって飛騨屋と時蔵が結びついたのだ。日が浅ければ、どこまで信じられるかわからないはずだ」

「まさか、喜久三のように……」

六助が目を見開いた。

「そうだ。時蔵の口を封じるかもしれねえ。喜久三夫婦を殺した下手人はまだ捕まっていないのだ。おそらく侍だろうが、そいつはどこかでのうのうとしている」

竜吉は考えながら続ける。

「升吉を単に殺すだけなら、その侍にやらせればいい。だが、そうしなかったのは神鳴り源蔵に下手人の取り違えをさせるためには、時蔵が必要だったんだ。その目的が果たせたら時蔵は御役御免だ」

「喜久三を殺した侍に殺させるのか」

「そんな気がする」

竜吉は胸を騒がせた。

喜久三夫婦殺しは臨時廻りの島本勘四郎が探索をしている。

「島本さまにどこまで探索が進んでいるかきいてみようじゃねえか」

「よし」

ふたりは米沢町に向かった。

米沢町の自身番で訊ねると、島本勘四郎はついさっきここに顔を出したということだった。

念のために喜久三の家に行ってみると、主のいない家の格子戸が開いていた。

しばらくその前で待っていると、神経質そうな顔をした同心と小者が出てきた。

「恐れ入ります。島本さまでいらっしゃいますか」

竜吉が声をかける。

「なんだ、おまえたちは?」

「へい、神鳴り源蔵の手の者でございます」

「源蔵の手の者が何のようだ?」

「へい。喜久三夫婦殺しに進展があったかどうか教えていただきたいと思いまして」

「そなたたちには関わりのないことだ」

「でも、気になりまして」

「進展はない」

島本勘四郎が冷たく言う。

「下手人は侍だと思いますが」

「どけ」

小者のひとりが追い払うように言う。

「飛騨屋との関わりはお調べになりましたか」

「飛騨屋だと？　そんなもの調べるつもりはない」

島本は竜吉たちを振り払って去って行った。

「進展は望めねえな」

六助が口許を歪めて言う。

「飛騨屋には手が出せないのだろう。『飛騨屋』におそらく浪人だろうが、侍が居《い》候《そうろう》をしていないか調べてみようじゃねえか」

「よし、行こう」

ふたりは薬研堀《やげんぼり》から浜町堀のほうに向かい、永代橋を渡って深川の入船町に向かった。

入船町に着いて、『飛騨屋』の前までやってきた。

堀では川並が筏を動かしていた。誰かにきいてみようと辺りを見まわしていると、『飛騨屋』から袴姿の浪人が出てきた。

細面《ほそおもて》で尖《とが》った顎の鋭い目つきの浪人だ。三十半ばと思える。

ふたりは材木の陰に身を隠して浪人をやり過ごした。

竜吉は『飛騨屋』から出てきた法被《はっぴ》姿の若い男に声をかけた。

「すまねえ、今の浪人さんは『飛騨屋』にお住まいで？」

「ああ、そうだ。今村重四郎《いまむらじゅうしろう》さまだ」

「今村さまは『飛騨屋』に住んでいるんですかえ」

「そうだ。すまねえな、仕事だから」

そう言いながら、若い男は堀のほうに向かった。

「今村重四郎か」

「怪しいな」

六助が口にした。

「飛騨屋の下で働いているとしたら……」

竜吉も応じる。

「次に狙うのは、時蔵かもしれねえ」

「時蔵のところに行ってみよう。長屋に帰っているだろう」

竜吉は万年町の閻魔長屋に向かった。

長屋木戸を入ると、長屋の住人たちが路地に出ていて時蔵を囲んでいた。

その中のひとりがこっちに気付いて近づいてきた。はじめに、ここを訪れたときに会ったのっぺりした顔の若い男だ。

「やい、時蔵兄ぃを間違ってしょっぴきやがって。謝りにきたのか」

「威勢がいいな」

六助が鼻で笑った。

「何言いやがる。てめえはもうただの男だ。怖くなんかねえ」

若い男は顔を突きだした。

「あとで泣きをみるぜ」

六助が脅す。

時蔵が真顔で近寄ってきた。

「おい、いい加減にしてもらおうじゃねえか。これ以上、付きまとうと高坂さまに訴えるぜ」

「おめえを無実にした与力か」

竜吉は微笑みながら、

「おまえさんに会いに来たわけは用心をするように伝えるためだ」

「用心だと？」

「おめえ、飛驒屋からいくらもらったかわからねえが、飛驒屋がこのままおめえを生かしておくと思うか」

「何言っているんだ？」

時蔵は口許を歪めた。

「のちのち、不安のタネになるおまえさんを生かしちゃおかないはずだ。喜久三のようにな。先日、仲買人の喜久三を知っているな。あの男も、飛驒屋の秘密を摑んでいたんだ。殺された……」

「……」

「『飛驒屋』に今村重四郎という浪人がいる。十分に気をつけることだ。それだけだ。邪魔した」

竜吉と六助は踵《きびす》を返した。

「待て」

時蔵が呼び止めた。

「勝手なことを言いやがって」

わざわざ呼び止めたのは、時蔵も不安があったのかもしれない。

「嘘だと思うならそれでいい、俺たちの知ったことではない。ただ、おめえが騙されているなら可哀そうだと思って親切心で伝えたまでだ」

「飛驒屋からの呼び出しには十分気をつけることだ」

六助が付け加える。

「じゃあな」

竜吉と六助は時蔵を残して長屋木戸に向かった。

「時蔵の奴、茫然としているぜ」

六助が木戸で振り向いた。

「効き目があったみたいだな」

竜吉も手応えを感じた。

五

夕方、八丁堀の屋敷に文太とともに源蔵を訪ねた。

部屋で、源蔵と向かい合う。

「旦那、六助と竜吉がいろいろ掴んで来ましたぜ」

文太が口を開いた。

「よし、聞こう」

源蔵が竜吉と六助の顔を交互に見た。

「あっしから」

竜吉が切り出す。

「伊勢町の稲荷長屋で、おみねの隣家に住む喜助という年寄りですが、この年寄りは三年前からあの長屋に住んでいます。三年前ってことから、『飛騨屋』か『美濃屋』に関わりがあるんじゃないかと思ったんですが、そうじゃありませんでした。喜助は本郷のほうで鋳掛け屋をやっていたそうです。いっしょに暮らしていた孫娘が亡くなって、稲荷長屋にやってきたってことです。おみねが孫娘によく似ているので同情し、升吉殺しに手を貸したのではないでしょうか」

「孫娘が亡くなったわけは？」

「わかりません。大家にも詳しい事情は話していません。ただ、大家には本郷のどこに住んでいたかをきいてもらうように頼んでいます」

「そうか。孫娘が亡くなったわけが気になるな」

「そのことも大家にきいてもらっていますが」

「じゃあ、今度はあっしから」

六助が口を開く。

「おみねの相手ですが、どうも飛騨屋じゃねえかと。女中の話では飛騨屋はおみねを可愛がっていたそうです。それから、高坂さまもおみねにご執心だったようで」

「飛騨屋か……」

源蔵は首を傾げた。

「それから、喜久三夫婦殺しですが、島本勘四郎の旦那にききましたが、進展はありません」

「その件で」

と、今度は竜吉が口をはさむ。

「『飛騨屋』に今村重四郎という浪人が住み込んでいます。もし、飛騨屋が黒幕ならば、この浪人の仕業ではないかと勝手に考えました」

「そこで、時蔵ですが」

まるで競うように、今度は六助が口を入れた。

「飛騨屋にとって時蔵は危ない存在です。喜久三の二の舞になりかねません。飛騨屋は今度は今村重四郎に時蔵を襲わせるのではないかと思いました」

「そこで、飛騨屋は秘密を知ったものは必ず始末するから気をつけろと時蔵を脅しました。時蔵は気になったようです」

竜吉は六助の話を引き取った。

「そいつは面白いかもしれぬな」

源蔵は褒めてから、

「飛驒屋と時蔵の関わりはわかったのか」

と、きいた。

「いえ、それがまだ……」

竜吉はそれまでの勢いをなくして小声で答えた。

「時蔵は牢まで入ることを承知して飛驒屋に手を貸しているのだ。よほどの間柄だ」

源蔵は厳しい表情で、

「喜久三夫婦殺しが今村重四郎の仕業なら、飛驒屋との関わりは明らかだ。それなのに、飛驒屋と時蔵の関わりがわからない」

「へえ。まるで付き合いがなかったようです」

六助が答える。

「おみねの相手は、やはり時蔵だったかもしれぬな」

源蔵がぽつりと言う。

「なんですって」

「そうならば、おみねを介して飛驒屋と時蔵が結びついたと考えられる」

「なるほど」

文太が応じた。

「おみねは時蔵から言い寄られて困っていると言っていたが、ほんとうはふたりは出来ていたのだ。そうだとしたら、時蔵が升吉殺しに手を貸すわけもわかります」

「そうですね」

竜吉も頷き、

「飛驒屋はおみねと時蔵をうまく利用して升吉を始末し、なおかつ旦那を陥《おとしい》れようとした。時蔵がそのことに手を貸したのもおみねといっしょになれる上に、飛驒屋からはたくさんの謝礼がもらえるから」

「そういうことだろう」

源蔵は不敵な笑いをすぐ引っ込め、

「だんだん、見えてきたな。問題は、なぜ俺を陥れようとしたかだ。飛驒屋は何かを画策している」

「『飛驒屋』は材木を買い占めていますね。三年前、『美濃屋』が買い漁《あさ》った材木も半値で引き取っていますから、かなりの材木を備蓄しているんじゃないですか」

文太は顔を引き締め、

「三年前、芝増上寺と上野寛永寺で大がかりな修繕を行うという話をまともに信じて『美濃屋』は材木を買い占めましたね。その話、今度はほんとうなのでは……」

「飛騨屋だけが聞いていたというわけか」

源蔵は思案顔で顎に手をやった。

「飛騨屋は作事奉行と親しいようです。そこから話が出ているのでは？」

「しかし、『美濃屋』の二の舞になりかねまい。当時、『美濃屋』とて信用できる話だから材木を買い漁ったのだ。今度は間違いないと誰が請け合うのだ」

「作事奉行が？」

「正式に決まったのなら、他の材木問屋の耳にも入るはずだ。それに、そのことなら、何も俺を罠にはめるまでもない」

「そうですね」

文太は素直に引き下がった。

「ともかく、あと一歩だ。喜助の孫娘がなぜ亡くなったのかが気になる。喜助のことを調べるのだ。それと、今村重四郎という浪人だな。時蔵を今村重四郎が襲うかどうか見張るのだ」

「へい」

「俺はどうしても有村善右衛門の屋敷の火事が気になる。この件をもっと調べる」

「旦那」

文太が心配そうな顔で、

「そんなに出歩いてだいじょうぶなんですかえ」

と、きいた。

「心配いらぬ。話をきいてまわっている御徒目付や有村善右衛門の隣屋敷の旗本は俺の味方だ。奉行所に告げ口はしないはずだ」

「それなら安心ですが。いろいろ難癖つけられてもと思いまして。なにしろ、与力の高坂さまも『飛騨屋』の一件に絡んでいるみたいですから」

「旦那」

今度は竜吉が声をかけた。

「高坂さまと飛騨屋の結びつきから攻めることは出来ないでしょうか。高坂さまはおみねにご執心のようですし……」

「よほどの証がないと無理だ。高坂さまが飛騨屋から『百川』で饗応を受けていたとしても、与力にはよくあることなのだ」

「そんなものですか」

竜吉は呆れ返って言う。

「どの大店の主人も何かあったときに備え、常日頃から奉行所には付け届けをし、与力や同心を手なずけているのだ」

源蔵は気難しい顔で言う。

「旦那はそういうものを一切撥《は》ねつけるから、上役や朋輩、そして大店の旦那衆からは煙たがられているのだ。だが、そんな奴らに負けちゃいけねえ。いいな」

文太は意気込んだ。

「へい」

竜吉と六助は同時に答えた。


辺りが暗くなってから源蔵の屋敷を出た。

江戸橋を渡って伊勢町堀沿いを歩きながら、竜吉は源蔵の言葉を思いだした。

「神鳴りの旦那は、かなり喜助の孫娘が亡くなった理由を気にしていましたね」

「そうだな。旦那の勘で、何か引っかかるのかもしれねえ」

文太が答える。

「ちょっと伊勢町の大家の家によってみねえか」

竜吉は六助に声をかけた。

「そうだな。本郷のどこに住んでいたか、きいてくれているかもしれないしな」

六助も応じる。

「親分、伊勢町に差しかかりますから、ちょっと大家のところに寄ってみます」

「そうか。よし、俺も行こう」

「わかりました」

伊勢町堀にかかる道浄橋を渡って伊勢町に入った。

稲荷長屋の木戸の脇にある鼻緒屋はすでに大戸が閉まっていた。木戸の中の裏口に向かいかけたが、喜助に見つかると何かと面倒だと思い、潜《くぐ》り戸《ど》を叩いた。

「ごめんください」

竜吉が何度目かに呼びかけたとき、ようやく潜り戸が開いた。顔を出したのは恰幅のいい大家だった。

「あっ、おまえさんたちか。おや、鉄砲町の親分さんまで」

「夜分、すみません。じつは例の喜助さんのことで」

「そのことなんだが、喜助は昨日、急に引っ越して行ったんだ」

「引っ越した？」

竜吉は耳を疑った。

「どこへ？」

「まあ、中へ」

「へえ」

潜り戸を潜って狭い土間に入った。

「芝のほうに知り合いがいるらしい。そこに行くことになったと言っていた」

大家は困惑ぎみに説明した。

「ずいぶん急なことじゃありませんか」

「ほんとうに急だった」

「大家さん。喜助の様子に変わったことはなかったかえ」

文太がきいた。

「いえ、特には気づきませんでした」

「喜助が本郷のどこに住んでいたかわかりましたかえ」

竜吉は肝心なことをきいた。

「いや、喜助は教えてくれなかった」

「教えてくれない？」

「本郷に住んでいたというのもほんとうかどうかわからない。この前きいたときは下谷《したや》に住んでいたようなことを言いだした」

大家が困惑ぎみに答える。

「隠しているってことか」

文太が眉根を寄せた。

「孫娘が亡くなっているってのはほんとうなんですかえ」

「それはほんとうだ。部屋に、仏壇があって孫娘の位牌があった。俗名はふみだ」

竜吉は確かめた。

「おふみさんですか」

「おふみがどうして亡くなったかは話してはいないんだな」

文太がすかさずきく。

「ええ。こっちも辛いことを思いださせてもいけないので、しつこくはききませんでした」

「そうか」

「おみねは喜助の引っ越し先を知らないのか」

「ええ、知らないようです」

「喜助を訪ねて誰かやってきませんでしたか」

それまで黙っていた六助が口を開いた。

「ときたま三十ぐらいの男がやってきました」

「どんな男ですかえ」

「目尻がつり上がって、狐のような顔をしてました。そうそう、顎に大きな黒子《ほくろ》がありました」

「どこの誰とは言ってませんでしたか」

「いえ」

飛驒屋の使いかもしれないと思った。

「喜助のことで、何か目についたようなことはなかったかね」

文太がきく。

「いえ、特には」

大家は答えたあとで、あっと声を上げた。

「何か」

「一度、おみねの亭主の升吉が暴れて、おみねに乱暴を働いたとき、喜助が止めに入ったんです。でも、升吉の剣幕《けんまく》が収まらないので、喜助が升吉の腕をねじ上げて制したことがありました」

「腕をねじ上げた？」

「はい。升吉は大柄ですが、あんな細い喜助が升吉の腕をねじ上げたので驚きました」

「そうか」

文太は厳しい顔になった。

「喜助は単なる鋳掛け屋じゃないですね」

竜吉は喜助の猿の彫り物のような顔を思いだした。

その他にいくつか確かめてから、三人は大家の家を辞去した。

「喜助が急に引っ越して行ったわけが気になりますね」

竜吉は口にした。

「ああ、喜助は謎だ」

文太は通行人が行き過ぎてから続けた。

「喜助の素性とともに、孫娘のおふみの死のわけをなんとか探るんだ」

「へい」

はりきって返事をしたものの、どこから調べればよいのかわからなかった。

六助と竜吉は、いつものように鉄砲町で文太と別れ、豊島町一丁目に向かった。

「腹が減ったな」

竜吉が言うと、六助がすぐに応じた。

「そういえば、まだ夕餉にありついていなかった」

「食って行こう」

竜吉は長屋の近くにある一膳飯屋に寄った。

小上がりに座ってから、

「酒をもらおう。一本ぐらいならいいだろう」

と、六助が遠慮がちに言う。

「神鳴りの旦那の屋敷で酒宴になるのを我慢しただけで、別に酒を呑んじゃいけねえってことはない」

「そうか。じゃあ、遠慮なく呑もう」

「一本だけにしとくんだ。旦那のことを考えたら、こっちも耐えなきゃいけねえ」

「そうだな。やっぱり、辛抱しよう」

六助は煮魚の膳を、竜吉は奈良茶漬飯《なら》を頼んだ。

「喜助のところにやってきた狐のような顔をした男は飛騨屋の使いだろうか」

竜吉は他の客の耳を気にしながら小声で言う。

「升吉殺しの手筈《てはず》を伝えに行ったんじゃねえのか」

六助も声を潜めて言う。

「明日、『飛騨屋』を探ってみよう。目立つところに黒子がある顔だから、見つけだせるかもしれない」

「それにしても、喜助め、どこに行きやがったか」

六助が唇をひん曲げた。

「喜助の素性を探り出すにはどうしたら……」

小女が飯を運んで来たので、竜吉はあとの声を呑んだ。

いっきに飯を掻き込み、ふたりは一膳飯屋を出た。

「きょうは妙に生暖かい夜だな」

竜吉は呟く。

「そろそろ桜が咲きはじめるだろう」

六助は応じる。

「咲いた桜が葉桜になるころまでに決着をつけたいな」

長屋に着き、竜吉が先に木戸に入った。

路地にひと影はなかった。が、何か異様な感じがした。

「どうした？」

六助が不審そうにきいた。

「なんだか背筋がぞっとしたような気がしたんだ」

「………」

六助が立ちどまった。

「奥の厠《かわや》のほうで何か動いた」

「行ってみよう」

竜吉は先に立った。

だが、厠の周辺に何も変わったことはなかった。

「気のせいだったか」

六助がほっとしたように言う。

路地を戻り、自分の家の前に立った。

「じゃあ、また明日」

竜吉は六助に言い、腰高障子に手をかけた。が、またもいやな予感がした。

「どうした？」

六助が声をかけた。

「いや、なんでもない」

そう言い、竜吉は戸を開けた。

薄暗い部屋に誰かいるような気配がした。天窓からの外の明かりは土間を淡く照らしているが、部屋の奥までは届かない。

その暗闇の中に黒い影が動いた。

「誰だ？」

竜吉は叫んだ。

同時に、黒い影が前に出てきた。覆面をした侍だ。

土間におりたときには抜刀していた。竜吉は後退り、急いで外に飛び出した。

侍が土間を出て、竜吉に斬りかかってきた。竜吉はトンボを切って刃《やいば》を逃れた。

「なんだ、おまえは」

六助が大声で叫んだ。

侍は六助に向かった。

「六助、逃げろ」

竜吉が叫ぶ。

長屋の住人が飛び出してきた。覆面の侍は木戸を走り抜けて行った。

第四章　企み

一

翌朝、竜吉と六助は鉄砲町の文太の家に行った。

「なに、襲われただと」

長火鉢の前に座っていた文太は目を剝いた。

「へえ。長屋の部屋に入り込んで待ち伏せてました。なにかいやな感じがして用心したので何とか逃れられましたが」

竜吉は危うかったと話した。

「覆面をしていましたが、体つきから『飛驒屋』にいる今村重四郎じゃないかと」

六助が訴える。

「あっしもそう思いました。今村重四郎に似てました」

「それだけで決めつけるわけにはいかねえが……」

文太は慎重に言う。

「いつだったか、長屋まであとをつけられたような気がしたことがあります。いえ、路地まで入ってきましたから、そのときあっしの住まいを確かめていたんだと思います」

腰高障子の外にひとの気配がして飛び出してみると、木戸を走り去って行く男の後ろ姿を見たと、竜吉は話した。

「どうやら、俺たちが追っている方向は誤っていなかったってことだな」

文太はにんまりしたが、すぐ顔つきを引き締め、

「俺たちが動いているのは飛驒屋にとっては思いの外のことだったに違いない。神鳴りの旦那を謹慎に追い込めば、俺たちも動き回らなくなると踏んだのだろう。ところが、近くまで迫ってきた。それであわてたのだ」

と言い、続けた。

「ふたりとも用心しねえといけねえ」

「へえ」

六助は頷いてから、

「でも、向こうが襲ってくるのは好機かもしれませんぜ。瀬戸際《せとぎわ》に立たされて、他に手立てがないのですから」

「確かにな」

文太が六助の話を受けて、

「喜久三夫婦殺しは島本勘四郎が探索しているが、下手人には行き着くまい。真相から遠いところをうろついているだけだ。もちろん升吉殺しもお手上げだろう。だが、両方とも、飛騨屋が絡んでいるのは間違いない。だが、よほどの証がねえと、飛騨屋を追い詰めることは出来ねえ。なにしろ、与力の高坂又五郎がついているんだ」

「高坂さまには何の見返りがあるんでしょうか」

竜吉はかねてからの疑問を口にした。

「そりゃ金だろう」

六助が応じる。

「おみねのことはどうだろうか」

「おみね？」

「高坂さまはおみねにご執心だそうだ。そこを、飛騨屋が巧《たく》みについて高坂さまを仲間に引き入れたんじゃないのか」

「しかし、おみねのほんとうの相手は時蔵だ。升吉がいなくなったって、おみねをものには出来ねえ」

「そこだ。だから、はじめからあとで時蔵も殺すつもりなのだ。秘密を知ったからだけでなく、高坂さまへの約束のためにも時蔵を始末しなきゃならねえんだ」

竜吉は自分の考えを述べた。

「そうかもしれねえな」

六助は応じたあと、はっとしたように、

「時蔵が始末されるなんて、おみねは考えてもいないはずだ」

と、興奮して言う。

「そうだ。時蔵が殺されると知ったらおみねはどう出るか」

竜吉は文太に顔を向け、

「親分、おみねにこのことを告げて、揺さぶりをかけてみたらいかがでしょうか」

「うむ。時蔵にも、与力の高坂又五郎がおみねを狙っていると告げたら、ふたりとも疑心暗鬼になるはずだ」

文太はにやりとし、

「こいつは案外いいかもしれねえな。おみねと時蔵に飛騨屋に不審をもたせて仲違《なかたが》いをさせるんだ」

「じゃあ、さっそく」

竜吉は立ち上がり、

「六助、行こう」

「待て」

六助が引き止めた。

「なんだ？」

「ここは俺たちが言うより、親分に話してもらったほうが効き目があるんじゃないか。どうです、親分」

「そうだな、俺たちは軽く見られているに違いない。親分、六助の言うとおりです。親分にお出まし願いてえ」

竜吉も文太に頼んだ。

「よし、行こう」

文太はすっくと立ち上がった。

四半刻（三十分）後に、伊勢町の稲荷長屋に着いた。

亭主たちは仕事に出かけ、井戸端では女房たちが洗濯をしていた。

三人はおみねの家の前に立った。女房たちがこっちを見ている。

六助が腰高障子を開けた。

「ごめんよ」

部屋に、おみねがいた。

「なんでしょうか」

おみねが顔色を変えた。

「ちょっと話があるんだ」

六助が言う。

「同心の島本さまから、相手をしなくていいと言われているんです。お帰りくださ
い」

「喜助がどこに引っ越したか知らないか」

「知りませんよ」

「おめえにも言わなかったのか」

「私に言うはずありませんよ」

「なぜだ？」

「なぜって、私とは赤の他人ですから」

「しかし、おめえのことを孫娘のように思っていたそうじゃねえか」

「たまたま、同い年だっただけです」

「いや、それだけじゃねえ。おめえを孫のように思っていたので升吉からおめえを助けようとしたんじゃねえのか」

「なんのことかわかりません」

「喜助も升吉殺しに手を貸しているってことだ」

「喜助さんは関わりありません」

「時蔵がひとりでやったってのか」

「時蔵さんは無実だってことがはっきりしたんじゃありませんか」

「いや、まだだ。だって、升吉殺しの下手人が挙がってねえだろう。挙がらねえはずだ。他に下手人はいないからだ」

「いまに、島本さまが捕まえます」

「残念ながら、無理だ。なぜなら、升吉を殺したのは時蔵だからだ」

「時蔵さんは無実です」

「おや、どうして自分に言い寄ってきていた時蔵をかばうんですかえ」

「どんなひとだろうと、無実のひとをかばうのは当たり前です」

おみねは強い口調で言い返した。

「おみね」

文太がゆっくり前に出た。

「じつはおめえも気付いていると思うが、与力の高坂さまはおめえにご執心のようだな」

「さあ、知りません」

「おめえ、なぜ高坂さまが升吉殺しに手を貸したかわかるか」

「なにを仰るんですか。高坂さまは関わりありません」

「いや、関わりがあるんだ。時蔵の疑いを逸《そ》らすために、高坂さまは時蔵といっしょだったと言ったんだ。なぜ、高坂さまは嘘をついたのか」

「嘘じゃありませんよ。ほんとうに高坂さまは時蔵に会って……」

「おみね。目を覚ませ」

文太は強い口調になった。

「高坂さまはおめえを手に入れたいから飛騨屋の言いなりになってあんな芝居を打ったんだ。わかるか、飛騨屋はおめえを高坂さまにあてがうはずだ」

「いい加減なこと言わないでください」

「いい加減じゃねえ。飛驒屋はそのために邪魔者を始末するぜ。邪魔者って誰のことかわかるか」

「……」

「時蔵だ」

「えっ？」

「おめえが時蔵と出来ているのはお見通しだ。時蔵に言い寄られて困っているなどと、よく言えたものだ。それとも、時蔵とはなんでもないのか」

「なんでもありませんよ」

「ほんとうか」

「ほんとうですよ」

「ならいい。もっとも、時蔵とわけありだったとしても、時蔵と別れ、高坂さまのものになるつもりならそれはそれでいい。可哀そうに、時蔵ひとりが死ねばいいだけのことだ」

「へんなこと、言わないでください」

「へんなこと？」

文太は落ち着きはらって、

「おめえ、飛騨屋が秘密を知った時蔵をこのまま放っておくと思うのか。『飛騨屋』に今村重四郎という浪人がいる。この浪人が喜久三夫婦を殺したと俺たちは見ている。今度は時蔵の番だ」

「親分」

竜吉はわざとらしく口をはさむ。

「おみねは時蔵との仲を否定しています。時蔵が殺されたって関わりないようですぜ」

「おっと、そうだった。時蔵と無関係ならこんな話をする必要はなかった。おみね、聞き流していいぜ」

「…………」

おみねの顔が強張《こわば》っている。

「おみね。どうした、顔色が悪いぜ」

六助が心配そうに言う。

「親分、時蔵の警固《けいご》をどうしますか。逃げるように言いますか」

「奉行所は守ってくれまい。高坂さまがいるからな。本人も飛騨屋を信用しているのだろうから、逃げろと言っても言うことは聞くまい。自分の身は自分で守るように、時蔵に忠告するしかない」

「わかりました。ともかく、時蔵に会いに行きましょう」

竜吉がおみねの様子を窺いながら言うと、文太がおみねに向かい、

「邪魔した。もう、時蔵から言い寄られる心配はいらねえ。『飛騨屋』の居候の浪人が時蔵を始末してくれるはずだ」

と、重ねて脅した。

「……」

おみねは押し黙っていた。

「行くか」

文太が言い、戸口に向かった。

竜吉と六助が続いたが、おみねから反応はなかった。

路地に出ると、ちょうど木戸から巻羽織に着流しの同心が入ってきた。臨時廻りの島本勘四郎だ。長屋の者が知らせに行ったようだ。

長身を少し猫背ぎみにして迫ってきて、

「何しに来たんだ？」

と、島本勘四郎は文太を責めた。

「へえ、おみねに大事な話をしに」

「なんの権限があってそんなことをするのだ？　尾上源蔵がお役差し止めになっているんだ。おめえたちも……」

「旦那」

文太が動じずに言う。

「あっしらは探索に来たんじゃありません。ただ、時蔵の身が危ないことを知らせに来たんです」

「身が危ない？」

「へえ。それより、旦那。升吉殺しは目星がついたんですかえ」

文太は半ば蔑《さげす》むような目を向けてきく。

「ついた」

「ついたんですかえ。いってえ、誰が？」

思わず、竜吉は口を入れた。

「こっちへ来い」

島本勘四郎は木戸を出て行く。そのあとに従う。

伊勢町堀の人気のない場所までやって来て、

「喜助だ」

と、島本勘四郎が言った。

「喜助？　何がですかえ」

「升吉殺しの下手人だ」

「喜助ですって」

六助が驚きの声を上げた。

「六日の夜、万年町の閻魔長屋付近で喜助を見た者がいる」

「ほんとうですかえ」

文太が確かめる。

「ほんとうだ。喜助の昔の仲間が教えてくれた」

「昔の仲間？」

「今は足を洗っているが、昔はふたりで盗みを働いていた。十年前に、俺が捕まえたことがある三蔵《さんぞう》という男だ。今は、足を洗い、海辺大工町《うみべだいくちょう》で道具屋をやっている。信用のおける男だ」

「閻魔長屋付近で喜助を見かけただけで、どうして下手人だと言い切れるのですか」

文太が口をはさむ。

「喜助はおみねに同情していたんだ。升吉のような亭主がいたんじゃおみねのためにならない。そこで、おみねに言い寄っている時蔵に罪をなすりつけるために、わざわざ海福寺まで誘って升吉を殺したのだ」

島本勘四郎はさらに続ける。

「わしは喜助から事情をきいた。すると、気持ちを落ち着かせてから改めてすべてを話すということだった。だが、喜助は姿を晦ました」

「……………」

文太も六助も唖然《あぜん》としていた。竜吉も声を失った。

「稲荷長屋の住人のひとりが、あの夜は升吉は喜助といっしょに長屋を出て行ったと話していたぜ」

島本勘四郎は冷笑を浮かべ、

「おめえたちはいってえ何を調べていたんだ。時蔵が海福寺の古井戸のところに行ったのは、喜助が誘き出したからだ。おめえたちはまんまと喜助の罠にはまって時蔵を下手人だと取り違えてしまったのだ」

最初は島本勘四郎が誤った探索に向かっていると思いながら聞いていたが、だんだん真実味が増してきた。

喜助の突然の引っ越しは島本勘四郎の説明で納得出来る。

「旦那は、升吉殺しは喜助ひとりの仕業だと思っているのですか」

「そうだ。喜助が勝手にやったことだ。おみねのためにな」

「なぜ、おみねのために？」

「喜助には孫娘がいたそうだ。といっても血の繋がりはないらしい。捨て子だった赤子を拾って育てたと三蔵が言っていた。喜助が盗みから足を洗ったのは、その赤子のためだったそうだ」

「喜助が三年前までどこに住んでいたか、ご存じありませんか」

竜吉はきいた。

「いや、知らぬ」

「そうですか」

「旦那、三蔵の住まいを教えていただけませんか」

「なに、わしの話がほんとうかどうか確かめに行くのか」

「そうじゃありません。喜助のことを知りたいので」

「まあ、いい」

島本勘四郎は冷笑を浮かべて、

「さっきも言ったように、海辺大工町で道具屋をやっている。『宝屋《たからや》』だ」

「『宝屋』ですね」

「源蔵にはこの話をしておけ。おめえらがもっとしっかりと聞込みをしていれば、取り違えをするようなことにはならなかったのだ」

「へえ」

文太は頷いた。

「旦那。でも、時蔵はわざと捕まるような真似をしていたんですぜ」

竜吉が口を入れた。

「わざとだと?」

「そうです。最初から神鳴りの旦那に罠をしかけたんです。ということは、喜助と時蔵はぐるだってことです」

「まだ、そんなことを言っているのか。取り違えの言い訳は見苦しいぜ」

「そうじゃありません。それに、時蔵とおみねは出来てますぜ」

「ばかばかしい」

「おみねに他に男が見つかりましたかえ」

「そんな男はいないのだ」

「じゃあ、升吉はどうして自棄《やけ》になっていたんですかえ。おみねを疑っていたから気持ちが荒れていたんじゃないんですかえ」

「升吉が自棄になったのはおみねのせいとは限らん」

「でも、おみねはこう言っていたんですぜ。時蔵との仲を邪推していたと。升吉はおみねに男の影を見ていたんです。酒に酔って暴力を振るう亭主を、女房に同情した喜助が殺したという単純な話とは思えません。つまり、おみねと時蔵のふたりにとって邪魔な升吉を、喜助を使って始末したってことになりませんか」

竜吉はさらに続ける。

「神鳴りの旦那にわざと取り違えをさせて同心のお役から引きずり下ろそうと画策した者がいるのです」

「おめえたちはまだ取り違えの反省をしていないのか」

島本勘四郎が顔色を変えた。

「高坂さまが、おみねにご執心なのをご存じですか」

「………」

「なぜ、高坂さまはおみねのために時蔵を説き伏せる役を引き受けたのか。どうして、そのときに升吉が殺されたのか」

「もうよい」

島本勘四郎は打ち切るように言った。

「島本さま。もうひとつ」

六助が口を開いた。

「仲買人の喜久三夫婦殺しですが、喜久三は飛騨屋の秘密を握っていたようです。そのために消されたのではないかと、あっしらは睨んでいます」

「秘密とはなんだ？」

「わかりません」

「無責任なことを言うな」

「『飛騨屋』の居候に今村重四郎という浪人がいます。この浪人を調べてくださいませんか。この浪人こそ」

「ひとの指図は受けぬ」

「島本さま。飛騨屋に目を向けてください。それから、時蔵が襲われる恐れがあります。気をつけてください。失礼します」

文太が一気に言って、島本勘四郎の前から引き上げた。

二

三人は永代橋を渡り、小名木川《おなぎがわ》沿いにある海辺大工町にやって来た。

道具屋の『宝屋』はすぐ見つかった。薄暗い店内に甲冑《かっちゅう》や古い箪笥、火鉢などが並んでいる。

「ごめんよ」

六助が店先に立った。

「いらっしゃいまし」

店番の女が応じた。

「三蔵さんはいるかえ」

「はい。うちのひとが何か」

「そうじゃねえ。喜助のことできたいことがあるんだ」

「少々お待ちを。おまえさん」

女は奥に呼びかけた。

年寄りが出てきた。小肥りの白髪頭の男だ。

「三蔵さんか」

六助が確かめる。

「へい」

「鉄砲町の文太親分だ」

「へえ。何か」

三蔵は畏まった。

「同心の島本勘四郎さまから聞いたんだが、おめえさんは喜助って男を知っているらしいな」

文太が切り出す。

「へえ。知ってます」

「近頃、会ったそうだが？」

「ええ。いつだったか、閻魔堂の前で会いました。夜の五つ（午後八時）ごろです。あっしが富岡橋を渡って閻魔堂の前に差しかかったら、向こうから喜助がやってきました」

「声をかけたのか」

「いいえ。向こうは俯いて歩いてきたので気付かなかったようです。お互い、他人になると誓って別れたのであえて声をかけませんでした」

「喜助に間違いなかったのだな」

「ええ。間違えっこありません」

三蔵は自信を持って答えた。

「喜助はこっちに何しに来たのだろうか」

「さあ」

「臨時廻りの島本勘四郎さまに喜助のことを話したな」

「ええ。話しました」

「どういう経緯で話したんだ？」

「島本さまはときたまお店にお寄りになります。そんとき、話のついでに昔の仲間を見かけた話をしたんです。昔から猿の彫り物のような顔だったが、歳をとってますます猿の彫り物のようになったって言ったら急に恐《こわ》い顔になって、なんていう名前だときかれ、喜助って答えたんですよ。そしたら、島本さまはびっくりした顔をして」

「喜助は昔は盗人だったというのはほんとうか」

「へい。大きな声じゃ言えませんが、あっしと組んで暴れ回りました。といっても、せいぜい十両から五十両程度の稼ぎでしたが」

「先に、喜助が足を洗ったのか」

「そうです。池之端《いけのはた》の商家に忍び込んで金を盗み、引き上げるとき通りかかった寺の山門から赤子の泣き声が聞こえたんです。喜助は見捨てていけず山門に入って籠《かご》に入れられた赤子を見つけたんです。お腹を空かしているらしく、連れて帰り、長屋の住人のかみさんにお乳《ちち》をもらうと泣き止んで……」

「そのまま育てるようになったのか」

「そうです。泣いていても喜助が抱くとすぐ泣き止んで、満面に笑みを作る。その愛らしさに、手離せなくなったんです。盗みから足を洗ったのも、それからですよ。この子のために、俺は生きると」

「赤子の名前を覚えているか」

「確か、おふみ……」

「そうだ、おふみだ」

「もう二十《はたち》は過ぎたろうな」

三蔵は目を細めた。

「知らないのか」

「えっ、何を？」

「おふみは死んだらしい」

「なんですって」

「三年前だそうだ」

「なぜ、死んだんですね」

「わからねえ。本人は言おうとしねえ」

「そうだったのか。あの赤子は死んじまったのか」

三蔵は目をしょぼつかせた。

「三年前から喜助は伊勢町の稲荷長屋ってとこに住んでいたんだが、その前どこに住んでいたか知らないか」

「十年前は三河町《みかわちょう》一丁目に住んでいました。あっしは喜助が足を洗ったあともひとりで盗みを続けていたんですが、島本の旦那に目をつけられましてね。捕まったんですが、お目溢《めこぼ》しをしてもらいました」

「お目溢し？」

「金ですよ。盗んだ金のうち三十両をとられましたがね」

「なんだと。それはほんとうなのか」

文太は目を剝いた。

「へえ。ほんとうですよ。でも、あの旦那はそんなこと言わないでしょうがね」

「信じられねえ」

「同心なんて皆そんなもんじゃないですかえ。これがひと殺しなんかじゃ、許してもらえないでしょうけど」

三蔵は冷笑を浮かべ、

「未《いま》だに、そうですよ」

「どういうことだ?」

「たまにここに顔を出すのは小遣いをせびりに来るんですよ。もちろん、あからさまには口には出しませんが、金を出すまで居すわっています。金を包むと黙って受け取ってやっと引き上げます」

「汚ねえ」

竜吉は不快になって言う。

「皆、同じことをしているに違いありません」

「そんなことはねえ。神鳴り源蔵は違う」

「そうですね。まっとうなのは神鳴り源蔵だけかもしれねえな。そういう噂は聞きます」

「で、十年前に三河町に住んでいたということだが」

文太が確かめる。

「ええ。おふみといっしょに暮らすようになって、ずっと同じところに住んでました」

「そうか。すまなかった」

「親分さん」

三蔵が引き止めた。

「喜助が何かしたんですかえ」

「いや、そういうわけじゃねえ。喜助にききたいことがあったんだが、急に引っ越してしまったんだ。それで、探している」

「そうですかえ。もし、喜助に会うことがあったら、三蔵が会いたがっていたと伝えてもらえませんか」

「わかった。伝えよう」

文太は『宝屋』を出た。

「よし、これから三河町一丁目だ」

「へい」

竜吉は答えてから、

「親分、時蔵のところに寄ってみませんか」

「よし、帰り道だ」

三人は仙台堀のほうに向かって歩きだした。

海福寺の前を過ぎ、閻魔堂の前の万年町に入って行く。

閻魔長屋に入って行くと、いつか会った若い男が突っ立っていた。

「どうした？」

「へえ、時蔵兄いを待っているんです」

「待っている？　どこかに出かけたのか」

「へえ、狐のような顔をした男がやってきていっしょに出て行きました」

「狐のような顔？　いつだ？」

「ちょっと前です」

「どこへ行ったんだ？」

「さあ」

「なぜ、ここで待っているんだ？」

「時蔵兄いが木戸口から引き返してきて、半刻（一時間）経っても帰ってこなければ、自身番に知らせろと小声で言い残したんです」

「自身番に？　どういうことだ？」

「わかりません」

「もしや」

竜吉ははっと気付いた。

「海福寺の裏手では……。あそこは昼間でも鬱蒼《うっそう》としています」

「よし、行ってみよう」

六助がすぐに駆けだした。

「親分、先に行ってみます」

竜吉はすぐに六助のあとを追った。

閻魔堂の前を過ぎ、六助とともに海福寺の山門を入る。本堂裏手の墓地の横手にある古井戸のほうに走った。

だが、ひと影はなかった。

「ここじゃねえ」

竜吉は唖然とした。

「裏に出てみよう」

六助が裏口の戸を開けた。

外はすぐ堀だ。堀沿いにもひと影はなかった。

「いってえ、どこに行ったんだ？」

竜吉は焦《あせ》った。

「真っ昼間でも人気がないところと言ったら、やはり寺の裏だが……」

六助が呟く。

「大きい寺の裏手。霊巌寺《れいがんじ》だ」

「よし。行くぞ」

六助が走った。

山門を出て霊巌寺に向かった。

仙台堀を渡って、やがて霊巌寺の山門を潜り、奥に向かった。

境内《けいだい》には参詣客がかなりいたが、本堂をまわって奥に向かった。だが、ひと影はない。竜吉は念のために裏塀の傍までやってきた。

すると、塀の外でひとの争う声が聞こえた。裏口は近くになかった。竜吉は助走をつけて塀の上に飛びつき、するすると上った。六助もあとに続く。

あっと、竜吉と六助が叫んだ。

編笠の着流しの侍と頰被《ほっかぶ》りをした侍が剣を交えていた。少し離れたところに、時蔵が茫然と突っ立っていた。

頰被りの侍が編笠の侍に斬りかかった。編笠の侍は相手の剣を弾《はじ》き、相手を追い詰めた。だが、相手も猛然と反撃をしてきた。

編笠の侍は数歩後退ったものの、やがて再び相手を追い詰めた。

「誰に頼まれた？」

「……………」

頰被りの侍は後退った。

「言うのだ？」

「おのれ」

またも、激しい気合で編笠の侍に斬りつけた。編笠の侍は軽く相手の剣を弾いたが、頰被りの侍は編笠の侍の脇をすり抜け、そのまま走り去った。

編笠の侍はあえて追おうとせず、刀を鞘《さや》に納めた。

竜吉と六助は塀から飛び下りた。

「旦那。神鳴りの旦那」

竜吉は駆け寄った。

「竜吉と六助か」

源蔵はふたりに声をかけてから、

「おい、時蔵」

と、呼んだ。

「へい」

時蔵が近づいてきた。

「危《あや》ういところを……」

「旦那。どうしてここに？」

「時蔵が襲われると思って見張っていたのだ。案の定、時蔵を誘い出した」

「そうだったんですかえ。時蔵、狐のような顔をした男が呼びにきたそうだが、飛騨屋の使いだな」

「へえ、そうです。助三《すけぞう》という飛騨屋の使い走りをしている男です。すぐ来てくれというのでついて行ったら、ここまで連れてこられました。そしたら、今の侍が……」

「飛騨屋が面倒を見ている今村重四郎だ」

竜吉が告げる。

「まさかとは思いましたが、飛騨屋はほんとうにあっしを殺すつもりだったんですね」

「そうだ。口封じだけじゃねえ。おみねを与力の高坂又五郎に引き渡すためだ」

六助が言うと、時蔵は拳を握りしめて、

「ちくしょう、飛騨屋は俺をだましたんだ」

と、悔しさを滲《にじ》ませた。

「時蔵、これから、奉行所に自訴するのだ」

源蔵は言い含めるように言う。

「おみねはどうなりましょうか。おみねは関わりないんです」

「おみねのことは任せろ。そなたはあくまでも真《まこと》のことを申し述べるのだ」

「へい」

時蔵は俯いて答えた。

「その前に、俺の屋敷だ」

表の通りに出ると、文太が走ってきた。

「旦那」

文太は声をかけ、横にいる時蔵を見て、すべてを察したように頷いた。

三

源蔵と文太が時蔵を引き連れて八丁堀に向かったあと、竜吉と六助は伊勢町の稲荷長屋に向かい、おみねに会った。

「おみね、時蔵が騙されていたことに気付いて自訴することになった」

六助は物々しく告げた。

「……」

「時蔵が襲われたのだ。神鳴りの旦那が助けに入らなかったら殺されていただろう」

「嘘です」

「嘘ではない。ただ、今後のおめえのことも心配だ。出来たら神鳴りの旦那の屋敷にしばらく匿《かくま》ってもらうがいい」

「……」

「時蔵はおめえのことを心配していた。それとも、おめえは飛驒屋の勧めにしたがって高坂又五郎の妾《めかけ》になる道を選ぶのか」

「とんでもない」

「だったら、支度をするんだ」

六助は有無を言わさずおみねを急《せ》かした。

伊勢町から八丁堀まで四半刻（三十分）足らず。竜吉と六助はおみねを連れて源蔵の屋敷にやってきた。

「ごくろう」

文太が迎えた。

「おみね」

時蔵が声をかけると、おみねは駆け寄った。

「時蔵さん」

「すまねえ、こんなことになっちまって」

「私こそ、ごめんなさい。時蔵さんをこんなことに巻き込んで」

「おめえじゃねえ。飛騨屋だ」

「ふたりとも、こっちに来て座れ」

文太が部屋に引き入れた。

ふたりを見守るように源蔵たち四人が対座した。

「まず、確かめておこう。そなたたちは恋仲か」

源蔵が切り出した。

「はい」

「おみねは亭主の升吉を裏切っていたんだな」

「升吉さんがいけないんです」

時蔵が口を入れた。

「待て。おみねの話からだ」

源蔵は時蔵を制した。

「うちのひとは木の枝から落ちて怪我をしてから、治ったあとも満足に働かなくなってしまったんです。私が料理屋で働いた金を酒と博打に使うようになって……。それで文句を言えば、殴る蹴るの乱暴です」

おみねは声を震わせ、

「あるとき、うちのひとから逃げ出し、伊勢町堀の橋の近くで泣いていたら、時蔵さんが声をかけてくれたんです。それから、お店の帰りに待っていて、長屋まで送ってくれるようになりました」

「それから、だんだん亭主が邪魔になってきたか」

源蔵がきく。

「そうかもしれません」

「違う」

時蔵はむきになって口をはさんだ。

「あっしたちはただお店の帰りに少し会うだけで十分だったんです。升吉さんをなんとかしようとまでは思いもしませんでした。飛驒屋さんに声をかけられるまでは」

時蔵は一拍の間を置き、

「あるとき、『百川』の近くのいつもの場所でおみねを待っていたら、男が近づいてきました。飛驒屋さんでした。飛驒屋さんはこう言いました。おみねとのことはよく知っている。あんな亭主がいたんじゃ、おみねは一生苦労するだけだ。おまえが私の言うことをきいてくれたら、升吉を殺す手伝いをすると」

おみねが悲鳴を抑えるように口に手をやった。

「はじめは相手にしなかったんですが、升吉さんの仕打ちもさらにひどくなり、隣に住む喜助さんもおみねに同情し、手を貸してくれると聞かされました。おみねを助けるためには升吉さんを殺すしかないと悟り、飛驒屋さんの話に乗ることにしました。もちろん、ことが済んだら百両をくれるという話にも心惹《こころひ》かれました」

源蔵や文太も黙って聞いている。竜吉も耳を澄ました。

「飛騨屋さんの狙いは尾上さまに下手人の取り違えをさせ、御役御免にすることにあったようです。そのようなことがほんとうに出来るのかときいたら、与力の高坂又五郎さまが手を貸してくれるから間違いないと」

やはり、高坂又五郎は最初《はな》から飛騨屋とぐるになって源蔵を陥れようとしたのだと思うと、竜吉は怒りが込み上げてきた。

「高坂さまと会っていたというのは偽りだったのだな」

「そうです。あっしは高坂さまに会っていません」

源蔵は確かめる。

「よし。では、升吉を殺したときのことを話してもらおう」

「へい。あの夜、喜助さんが升吉さんを海福寺まで連れてきました。おみねの相手の男に会わせると言ったら、意気込んでついてきたようです。あっしは海福寺の裏手で待ってました」

「そこで殺し、ふたりで古井戸に埋めたのだな」

「そうです」

「升吉を殺したのはそなたか」

源蔵が問い詰める。

「……」

時蔵は答えをためらっていた。

「どうした？」

文太が声をかけた。

「へい。じつは信じてもらえるかどうか自信がないので……」

「なんだ、話してみろ」

「あっしは升吉さんを殺すつもりでした。でも、喜助さんが先に匕首《あいくち》で升吉さんの腹と心ノ臓を刺したのです」

「喜助がやったと言うのか」

「喜助さんのせいにするようで気が引けますが、喜助さんは万が一のときのためにおめえは手を汚さないほうがいいと仰って。おみねさんを守ってもらわなきゃならねえからと」

時蔵は涙ぐんだ。

「旦那」

竜吉が口をはさんだ。

「島本さまは升吉殺しの下手人は喜助だと言ってました」

「なるほど」

源蔵は厳しい顔で、

「喜助はおみねに死んだ孫娘を重ねていたのだ。だから、自分が升吉殺しの責任をとろうとしたのだ。そこまでは納得できる。だが、どうして喜助までが俺を罠にかける企てに乗ったのか。それで、どんな得があるのか」

「金のためではないでしょうね。若いころならともかく、あの歳でそんなに金が必要とは思えません」

文太も首を傾げた。

「やはり、喜助は……」

源蔵は言いさした。

「旦那、なんですかえ」

文太が気にした。

「その件はあとだ」

源蔵は言ってから、

「時蔵、自訴し、今話したことを話せばいい。あくまでも、おみねは知らなかったことにするのだ。よいな」

「ありがとうございます」

「おみね」

源蔵はおみねに声をかけ、

「今、聞いたとおりだ。升吉殺しにまったく関わっていない、いいな」

「はい」

「よし。これから、時蔵は自訴するのだ。よいな」

「わかりました」

「時蔵さん」

おみねの声は震えていた。

「おみね。達者でな。もう、会えねえかもしれねえが……」

「いや」

おみねが時蔵にしがみついた。

「おかみにもお慈悲がある。必ず、時蔵は戻ってくる。それまで、おみねはここにいるのだ。時蔵が自訴したと知れば、飛騨屋はおみねを拐《かどわ》かして、よけいなことを喋るなと高坂さまを通して時蔵に脅しをかけるに違いない」

「はい」

おみねは不安そうに頷いた。

「旦那、飛騨屋をしょっぴくことは出来ないんですかえ。そうすれば何もかも片がつくんじゃありませんか」

六助がむきになって言う。

「だめだ。確たる証がなければとぼけられてしまう。逆に、飛騨屋を陥れようとしていると騒ぎたてるはずだ」

「じゃあ、自訴しても飛騨屋の件は信じてもらえないってことですか」

竜吉が割り込んできいた。

「残念ながら、飛騨屋には高坂さまがついている。今のままでは、罪に問うのは難しい。だが、いずれ飛騨屋は尻尾《しっぽ》を出す」

「自訴はご番所に直接行ったほうがいいんですかえ。島本さまには？」

文太が確かめる。

「あの御仁は騒動には何ら関わっていないが、高坂さまの言いなりの男だ。避けたほうがいい」

源蔵は用心深く言う。

「よし。時蔵、これから奉行所に行く」

「へえ」

時蔵はおみねの手を離して立ち上がった。

「あっしらは、三河町一丁目に行き、喜助のことを探ってきます」

竜吉は源蔵と文太に告げて、先に屋敷を出て行った。


鎌倉河岸《かまくらがし》から三河町一丁目にやって来た。

長屋の大家を一軒一軒訪ね、三年前まで喜助が住んでいた長屋を探した。

二軒目の大家が反応を見せた。鼻の大きな四十年配の男だった。

「喜助はここに住んでました」

大家がはっきり答えた。

「そうですか、ここでしたか。あっしらは鉄砲町の文太の手下で、竜吉と言います。こっちは六助」

竜吉は名乗ってから、

「喜助さんは孫娘のおふみといっしょに暮らしていたそうですね」

と、確かめた。

「そうです。おふみが奉公に出たあとの一年はひとりでしたが」

「おふみはどこに奉公に出ていたんですかえ」

竜吉はきいた。

「旗本屋敷です」

「旗本？　まさか有村善右衛門さま……」

「そうです。有村さまです」

「おふみは亡くなったそうだが？」

六助が口をはさむ。

「ええ。焼け死んだそうです」

「焼け死んだ？」

六助が声を裏返らせた。

「有村さまの屋敷が火事になったときのことですか」

竜吉が確かめる。

「そのときはすぐ見つからなかったということです」

「見つからなかった？」

「燃えた残骸を片づけていて亡骸が見つかったそうです。火事から十日経っていました。ひとりだけ、逃げ遅れたそうです」

大家は顔を曇らせ、

「悲嘆に暮れた喜助を見ていられませんでした。おふみがどうしてひとりだけ焼け死んだのか知りたいと、有村さまが仮住まいをしている入谷の屋敷まで何度も訪ねてました。その都度、沈んで帰ってきましたから何も教えてもらえなかったのでしょう」

「じゃあ、おふみがどうして焼け死んだのかわからずじまいだったのですか」

「どうでしょうか」

大家は曖昧《あいまい》に言う。

「喜助は何も言いませんでしたが、あるときを境に、入谷の仮住まいの屋敷まで行かなくなりました。そのうち、長屋を引っ越して行きました。ここにいると、おふみを思いだして辛いからと言ってましたが、もしかしたら、焼け死んだわけがわかったからではないかと」

「何か思い当たることが?」

「有村さまのお屋敷の再建が延び延びになっていたのは、有村さまの屋敷の奉公人の失火ではないかという疑いがあったからだそうです」

「おふみの失火？」

「わかりません。結局、火事は付け火によるものとされましたから……」

「でも、おふみの失火かもしれないという疑いがあったのですね」

「あったようです」

「喜助から飛騨屋の名をきいたことはないですかえ」

六助が口をはさんだ。

「飛騨屋さんなら、一度喜助を訪ねてきたことがありました」

「訪ねてきた？」

六助は気負い込んだように、

「どんな用で？」

と、きいた。

「いえ、喜助は何も言いませんでした」

「いつごろのことですかえ」

竜吉がきく。

「それからしばらくして喜助は引っ越して行きましたから」

「さあ、そこまではわかりませんでした。なにしろ、喜助は何も話してくれませんでしたから」

「ひょっとして飛驒屋の世話で？」

「その後、喜助さんがどこで何をしていたかはご存じありませんか」

「伊勢町に住んでいると、挨拶に来ました」

「伊勢町に住んでいることはご存じだったのですね」

「知っていました」

「数日前、伊勢町からまた引っ越しているのですが、どこか心当たりはありませんか」

「そうですか。いえ、知りません」

「有村さまのお屋敷はどちらだったのでしょうか」

「駿河台《するがだい》です」

「ここから近いですね」

「ええ。でも、奉公に上がったらなかなか戻ってこられませんでしたから」

「喜助さんと親しいひととはいましたか」

「引っ越したあとも付き合いのある者はいなかったと思います」

「そうですか」

竜吉は六助と顔を見合わせてから、

「大家さん、助かりました」

と声をかけ、引き上げかけた。

「あっ、もし」

大家が引き止めた。

「なんですね」

六助がきき返す。

「喜助に何か？」

大家は不安そうにきいた。

「いや、そういうわけじゃねえ」

六助が答える。

「大家さん、何か」

竜吉は気になってきいた。

「いいえ。ここを出て行くときの喜助は思い詰めた顔つきをしていたので、ちょっと気になって」

「気になるとは？」

「喜助はおふみのことになるとひとが変わったようになりましてね。いつだったか、町のごろつきがおふみにちょっかいをかけたときも、激しく怒って相手の男を半殺しの目に遭わせてしまったんです。おふみが止めなかったら、ほんとうに殺してしまったかもしれない、そんな迫力でした」

「で、今度もそんな様子が？」

「おふみが死んだわけを調べていた喜助がぴたっとそれを口にしなくなったことが気になっていたんです。おふみの失火かもしれないという噂もありましたが、そのことに絡んで何かがわかったとしたら……」

「そういえば。有村さまの屋敷の火事はいつだったんですね」

「ちょうど三年前です。三年前の三月二十四日」

「三月二十四日といえば……」

きょうは三月二十二日。ふつか後は祥月命日……。

竜吉ははっとして六助と再び顔を見合わせた。六助も顔を強張らせていた。

四

八丁堀の源蔵の屋敷に駆け込んだ。陽がだいぶ傾いていた。

すでに、源蔵と文太は時蔵を送り届けて帰っていた。おみねは静江と別間で過ごしていた。

「旦那、親分。だいぶ見えてきましたぜ」

竜吉より早く、六助が切り出した。

「喜助の孫娘のおふみは有村の屋敷に奉公に上がっていて、例の火事で焼け死んだそうです」

「そいつはほんとうか」

文太がきき返す。

「喜助は仮住まいの有村の屋敷に、おふみの死のわけをききに何度も訪ねていたそうです。それから三河町一丁目から伊勢町に引っ越した裏には飛騨屋が絡んでいるようです」

六助は得意気に説明した。

「六助、竜吉。でかした、よく調べた」

源蔵が讃えた。

「へえ、どうも」

大家から聞いた話をしていただけだが、六助は得意そうだった。

「俺がお目付から聞いた限りでも、お菊《きく》という女中の火の不始末が出火の原因だという話もあったそうだ。そのお菊というのが喜助の孫娘のおふみのことかもしれぬ」

源蔵が続ける。

「ただ、気になる話もあった。有村善右衛門は女中にもすぐ手をつける好色な男だったそうだ。女中の火の不始末ではなく、有村善右衛門が女中を手込めにしようとしたところ逃げ回った女中が行灯を倒して火がついたのではないか。そう言う者もいたそうだ」

「じゃあ、おふみは有村善右衛門に殺されたも同然では?」

「そうだ。喜助はそう思っているのだ」

源蔵は言い切った。

「じゃあ、喜助は有村善右衛門に復讐を?」

文太が口をはさんだ。

「そうだ。復讐だ。だが、その背後に飛騨屋がいる」

「飛騨屋はなぜ、喜助に手を貸すんでしょうか」

六助が疑問を呈する。

「喜助に手を貸して、どんな得があるのか……」

あっと、竜吉は叫んだ。

「飛騨屋は材木を買い占めていました。喜助は有村の屋敷に火を放つつもりじゃありませんか」

「そうだ。喜助は屋敷に火を放ち、火事の責任をすべて有村家になすりつけようとしているのだ。三年前の再現をしようとしているのだ。三年前は幸い、延焼は少なかったが、今回はそうはいかないかもしれない。風があれば、大火になるだろう。飛騨屋は材木の買い占めで大儲けを狙っているのだ」

「そんなことさせちゃならねえ」

竜吉が声を震わせ、

「旦那、飛騨屋を問い詰め、喜助の居場所を白状させねえと」

「すんなり白状するとは思えぬが、飛騨屋の牽制《けんせい》になる。よし、これから出向く」

源蔵が立ち上がった。

そのとき、おみねが部屋に入ってきた。

「飛騨屋さんは今夜は高坂さまを『百川』に招くようです。昨夜、女将さんからそう言われました」

「ちょうどよい。『百川』に乗り込む」

源蔵が言うと、文太が竜吉と六助の顔を交互に見て、

「おめえたち、先に『百川』に行き、飛騨屋を見張れ」

と、告げた。

「わかりやした」

竜吉と六助は源蔵の屋敷を一足先に飛び出した。

辺りに黄昏《たそがれ》が迫っていた。浮世小路にある『百川』の門が見える場所に立っていた。

さっき飛騨屋を乗せた駕籠《かご》が入って行った。

それからほどなく、編笠をかぶった武士が足早にやってきた。与力の高坂又五郎のようだ。時蔵が自訴したことで、焦っているようにも見受けられた。

それから四半刻（三十分）後に、源蔵と文太がやってきた。

「ふたりとも入って行きました」

六助が知らせる。

「よし。行くぞ」

源蔵がずかずかと門を入って行った。

文太が土間に入り、出てきた女中に女将を呼ぶように言った。文太の勢いに気圧《けお》されたように、女中は帳場に向かった。

すぐに女将らしい風格の女が出てきた。

「女将か」

文太が口を開く。

「神鳴り源蔵だ。飛騨屋と与力高坂又五郎さまの部屋に案内《あない》してもらおう」

「ご無体な。ここではそのような無法はとおりません」

「飛騨屋の味方をするのか」

「いえ、私どもはお客さまをお守りするのが務め。たとえ、どなたの申し出であってもお断りいたします」

「女将。よく言った」

そう言い、源蔵が一歩前に出た。

「この『百川』の身代をかけての言葉と考えてよいな」

「はい」

「よし。『飛驒屋』と運命を共にする覚悟。見上げたものだ。どうせ、『飛驒屋』とともになくなるものなら遠慮はせぬ。文太」

「へい」

「門の前で、客にわけを話し、帰ってもらうのだ」

「何を仰いますか。商売の邪魔をなさるのですか。南町の高坂さまはあなたさまの上役ではありませんか。困るのはあなたさまでは」

女将はさすがに肝が据わっている。

「そうか。そなたの耳にまだ入っていなかったのか。高坂さまから聞いていないのか」

源蔵が同情したように言う。

「何がですか」

「時蔵が自訴したことだ」

「……」

女将の顔色が変わった。

「やはり、知らなかったか。時蔵の訴えによって、高坂さまが嘘をついたことで咎められるはず。このようなときに、高坂さまが飛騨屋と会っていたことがわかれば、ますます高坂さまに不利になろう」

「高坂さまが嘘を……」

「おみねもすべてを話した。どちらの言い分が正しいか、吟味の場で明らかになろうが、飛騨屋と高坂さまは崖っぷちに追い詰められたも同然。そのふたりと運命を共にするそなたは見上げたものだ。『百川』に捕り方を包囲させることは避けようとしたが、そなたがその覚悟なら、心配することはない。腹を決めた。文太、すぐ捕り方を包囲させろ」

「はっ」

文太が土間を出る真似をした。

「お待ちください」

女将が悲鳴のような声を上げた。

「なんだ？」

「私はお客さまを守ろうとしただけでございます」

「飛騨屋と高坂さまを守ろうとしたのではないか。仲間として」

「違います」

「いずれにしろ、我らを追い返そうとしたことは間違いない。仲間かそうではないか、吟味の場で……」

「どうぞ、お上がりください」

女将は頭を下げて言う。

「案内するのか」

「はい」

「よし」

源蔵が先に上がり、文太に続いて竜吉と六助も上がった。

磨き込まれた廊下を内庭を見ながら奥に向かう。先に立った女将が一番奥の部屋の前で足を止めた。

「失礼いたします」

女将が障子を開ける。

「尾上源蔵さまがいらっしゃいました」

「なに」

奥から呻くような声が聞こえた。

「失礼いたします」

源蔵が部屋に入る。文太、六助、竜吉がぞろぞろ入ると、床の間を背に座っていた高坂又五郎が憤然とし、

「無礼であろう」

と、叫んだ。

飛驒屋も恐ろしい形相で睨んでいた。

「そなたは謹慎の身だ。このようなところにのこのこ出てきおって」

「高坂さま。時蔵が自訴したことをご存じでございますね」

「そなたが唆《そそのか》したのか」

高坂又五郎が吐き捨てるように言う。

「違います。時蔵は飛驒屋に殺されそうになったのです」

「何を仰いますか。どうして、私が時蔵を殺さねばならないのですか」

「升吉殺しとそれを利して私を陥れた経緯をすべて知っているからです。それだけじゃありません。おみねを高坂さまにあてがうためですよ」

「何を言うのか」

高坂又五郎は狼狽《ろうばい》した。

「高坂さまはおみねの間夫《まぶ》を誰だと思っていましたか」

「おみねにはそんな男はおらぬ」

「いえ、時蔵ですよ。ふたりは出来ていたんです」

「いい加減なことを言うな。時蔵はおみねに言い寄っていた男だ。おみねは迷惑をしていたのだ」

「飛騨屋に頼まれて、高坂さまにそう言っただけです。私を罠にはめるために」

「……」

「升吉がいなくなった今、このままならおみねと時蔵は堂々と結ばれることになります。そうなると、高坂さまが困ります。だから、最初《はな》から時蔵を殺すつもりでいたんです」

「出鱈目だ」

飛騨屋が叫んだ。

「どこが出鱈目か聞こう」

源蔵が飛騨屋に顔を向ける。

「時蔵を殺そうとしたという証があるのか」

『飛騨屋』にいる用心棒の今村重四郎という浪人を問い詰めれば白状するかもしれぬ」

「今村重四郎は関係ない」

飛騨屋は顔を歪めて言う。

「高坂さまはおみねを自分のものにしたいために飛騨屋の言いなりになったのですか」

「違う。わしはおみねが時蔵に言い寄られて困っているから……」

「困っているから、時蔵に諦めるように言い含めたと仰るのですか。そいつは、ちと困りましたぜ」

源蔵は追い詰めるように、

「時蔵は高坂さまに会っていないと言っているんです。それとも、時蔵が嘘をついていると言うんですか」

「そうだ」

「なんのために？」

「それは……」

高坂又五郎は言いよどんだ。

「いずれ、時蔵の詮議がはじまれば、飛騨屋、そなたも呼ばれ、時蔵と対決することになる。だが、その前に、ききたいことがある。喜助のことだ」

「……」

「升吉殺しは喜助の仕業だ。喜助の孫娘おふみは旗本有村さまの屋敷にお菊という名で奉公していた。ところが、三年前の有村家の火事の際に焼死した」

「知りません」

「そんなはずはない。そなたは三河町一丁目の長屋に喜助を訪ねている。伊勢町に引っ越しをさせたのはそなたでろう。ある魂胆があって喜助に近づいたのだ」

「何のことかわかりません」

「そなたはおふみの死の真相を探り、喜助に教えてやったのだ。有村さまは女癖が悪いという噂」

「私がそのようなことを知ることは無理でございます」

「作事奉行の植島兵庫さまと有村さまは共に作事奉行の座を争った仲だとか。おそらく、植島さまがお目付に手を回して調べたのではないか。そして、敵討ちの手を貸す約束をした……」

「ばかばかしい」

飛騨屋は呆れたように首を横に振る。

「尾上源蔵、いい加減にせよ。憶測だけできめつけおって。それだから取り違えをするのだ」

「お言葉でございますが、時蔵は飛騨屋に言われ、私を罠にはめたひとりです。確かに、直接手にかけ、升吉を殺したのは喜助ですが、時蔵もぐるだったのです。時蔵はわざと私に捕まった。そのことは高坂さまがご存じのはず」

「……」

何か言おうとしたが、高坂又五郎は口をつぐんだ。

「高坂さまは飛騨屋がなぜ升吉を殺したかったのかご存じですか」

源蔵は改めて升吉殺しを口にした。

「飛騨屋は升吉を殺さなければならないわけがあったんです。飛騨屋、そうだな」

「作り話には付き合いきれません」

「作り話か。それならそれでよい。作り話を聞いてもらおう。高坂さま」

源蔵は高坂又五郎に顔を向け、

「升吉はおみねの間夫の正体を摑もうと、『百川』の裏手でおみねを待っていたんです。そこで、升吉は飛騨屋から仲買人の喜久三が金をもらっているところを見てしまったんでしょう。喜久三は飛騨屋の弱みを握っていたのです。同業の『美濃屋』がつぶれた裏に、飛騨屋の策略があったのではないでしょうか」

「策略だと？」

「『美濃屋』は芝増上寺と上野寛永寺で大がかりな修繕を行うという話をまともに信じて材木を買い占めた。ところが、それが偽りだったのです。おそらく、飛騨屋と作事奉行の植島兵庫さまがつるんで『美濃屋』をはめたのではないでしょうか。その片棒を担いだのが、当時『美濃屋』で働いていた喜久三だったのです。飛騨屋、どうだ？」

「ばかばかしい」

「そうか。そなたは『美濃屋』が買い占めた材木を半値以下で買い取ったのではないか」

「資金繰りに困った『美濃屋』を助けてやっただけです」

「そうかな。『美濃屋』の主人は飛騨屋を恨んでいたそうだ」

「そんなはずはありません」

「まあ、いい。そなたは喜久三にたびたび金をゆすられた。今度、大きな仕事をする上で、喜久三が邪魔になった。それで殺そうとしたが、升吉にまずいところを見られてしまった。これで喜久三が殺されたら、今度は升吉がゆすりをするようになるかもしれない。そう考えて升吉を先に殺すことにしたのだ。このとき、併せて俺を罠にはめることを思いついた。どうだ、違っているところがあれば、言ってみろ」

「一切合財《いっさいがっさい》、違います」

「そうか」

源蔵は含み笑いをしたあと、

「高坂さまは今の話をどう思いますか」

と、高坂又五郎にきいた。

「わしは知らぬ。飛騨屋と親しくなったのは数か月前からだ」

「では、飛騨屋が材木を買い占めていたことをご存じですか」

「話には聞いている」

「何のために買い占めているかは?」

「知らぬ。ほんとうだ」

高坂又五郎は語気を強めて言った。

「そうですか。そこは信じましょう。じつは飛騨屋は大火事が起こることがわかって材木を買い占めていたのです」

「ばかな。大火事が起こるなど、どうやってわかるのですか。優れた易者でもわかるはずがない」

飛驒屋が笑った。

「喜助ですよ。喜助が有村家の屋敷に火を付けることになっているからですよ。喜助は孫娘のおふみの敵を討とうとしているんです」

「有村さまの屋敷に火を放つというのか」

高坂又五郎が目を見開いた。

「そうです。飛驒屋は喜助の暮らしの面倒を見てきたのです。喜助の敵討ちを応援すると言いながら、じつは己の利益のために」

「なんと」

高坂又五郎は飛驒屋に鋭い顔を向けた。

「高坂さま。喜助が有村さまを恨んでいるのはほんとうですが、屋敷に火を放つなど、そんな大それたことをするはずはありません」

「喜助はどこにいる？」

「知りませんよ」

「火を放つその日まで、喜助はどこかで暮らしているはず。その家もそなたが用意したはず。喜助はどこだ？」

「知りませんな」

飛驒屋はとぼけた。

「有村家が三年前に燃えたのは三月二十四日だった。つまり、おふみの祥月命日が三月二十四日、明後日だ。その日に行動を起こすのか」

「さあ」

「そうか。風が弱ければ、延期だな。風の強い日に喜助は動く、そうだな」

「私の知らぬこと」

「まあ、よい」

源蔵は飛驒屋に向かって、

「飛驒屋、そなたの野望は潰《つい》える」

「さあ、どうでしょうか」

飛驒屋は余裕の笑みを浮かべ、

「升吉殺しも喜久三殺しも、みな尾上源蔵さまの思い込みだけ。証はなにもありません。時蔵とて、私に逆恨《さかうら》みをしてあることないこと言っているに過ぎません」

「喜久三夫婦殺しでも、必ず追い詰めてみせる」

源蔵は立ち上がった。

「高坂さま。早く飛騨屋と手を切らないと身の破滅ですよ」

「……」

「飛騨屋。いずれ、すべての証を揃えて会いに行く。邪魔をした」

源蔵は部屋を出た。竜吉たちも廊下に出た。

「旦那。居場所がわからないと、喜助を止めることが出来ませんぜ」

文太が渋い顔で言う。

「こうなったら、竜吉と六助の出番だ」

源蔵が竜吉と六助の顔を交互に見た。

五

翌日の夜、竜吉と六助は駿河台の旗本有村善右衛門の屋敷の北裏手に来ていた。

昼過ぎから乾《いぬい》（北西）から風が強く吹くようになった。

おふみの命日は明日だが、今夜が危ないという源蔵の言葉に、竜吉と六助はここにやってきた。

「じゃあ、行くか」

「うむ」

六助の声に、竜吉も頷く。

源蔵と文太は少し離れたところで待っている。

六助が塀を素早く駆け上がり、続いて竜吉も壁に足をかけて身軽に塀を乗り越えた。

木立の向こうに屋敷の母屋《おもや》が見える。右手の塀沿いに長屋が続いている。奉公人の住まいだ。そこと反対の東側を指さして、

「六助、おめえはここで。俺はあっちで待つ」

と、竜吉は言う。

「わかった」

竜吉は辺りの様子を窺い、東の塀沿いに移動する。

喜助も若いころは盗人だったという。塀を乗り越え、この屋敷のどこかに火を放つつもりだろう。喜助がどこから乗り込んでくるかわからない。

外で、源蔵と文太が待ち伏せているが、大きな屋敷の外をふたりだけで見張るの

は無理がある。

　ふたりの目をすり抜けて、喜助は屋敷に忍び込んでくるかもしれない。そのときに備えて、竜吉と六助は屋敷内に侵入したのだ。

　竜吉は東側の塀際の植込みの中に身を隠した。強風に煽《あお》られ、木の葉や木の枝が音を立てている。

　母屋のほうからときたま人声が聞こえた。

　庭に忍んでから一刻（二時間）近く経った。人声も途絶えていた。四つ（午後十時）をまわった。

　ふと塀の上に黒い影が走ったような気がした。竜吉は身構え、様子を窺う。

　地を擦《す》る音がして六助が近づいてきた。

「誰かが塀の上を移動した」

「喜助だ」

　竜吉も応じ、塀の上から庭の様子を探っている黒い影に目をやる。

　次の瞬間、黒い影は塀から飛び下りた。

　黒装束の賊はまったくこっちの存在に気付いていない。賊はそのまま母屋に近づいた。そして、雨戸の閉まった縁側の傍に佇《たたず》み、懐から何かを取りだした。

煙硝に違いない。飛騨屋が渡したのだろう。賊は火をつけようとした。竜吉と六助は音もなく、挟み打ちをするように近づいた。

賊ははっとしたように後退った。

「喜助だな」

六助が声をかける。

「誰だ、てめえらは？」

「神鳴り源蔵の手の者だ」

「あっ、六助に竜吉か」

喜助が驚愕した。

「喜助さん、やめるんだ。こんな風の夜に火をつければ大火事になる。たくさんの人が焼け死ぬ」

「止め立ては無用だ」

「こんなことをして、おふみさんが喜ぶと思うのか」

竜吉はたしなめるように言う。

「なんだと、どうしてそのことを？」

「三年前の火事で、おふみさんは焼け死んだそうだな。喜助さんの気持ちはわかる。

だが。こんな真似をしたら……」

「おふみは有村善右衛門に斬られたんだ」

「えっ？」

「俺は有村家の奉公人からやっと聞き出したんだ。三年前、有村善右衛門はおふみを寝間に呼び、夜伽《よとぎ》をさせようとしたんだ。それを拒んだおふみを無礼討ちにした。おふみは斬られたとき行灯を倒したんだ。それで火事になった」

「それを知って復讐をしようとしたのか」

「そうだ。飛騨屋が手を貸してくれた」

「飛騨屋が手を貸したのはおふみさんのためじゃない。おまえさんに付け火をさせ、大火事を起こさせるためだ」

「わかっている」

「わかっていて、飛騨屋に……」

「有村善右衛門のことを調べてもらったり、企てを練ったり、煙硝を用立ててもらったり、飛騨屋の手が必要だったのだ」

「だから、神鳴り源蔵を罠にかけることに手を貸したのか」

「そうだ。もちろん、それだけじゃねえ。おみねをぐうたら亭主から解き放ってやりたかったんだ。時蔵と好き合っているようだから、ふたりをいっしょにさせてやりたくて」

「おみねがおふみさんに思えたのか」

「ああ。おみねを見ているとおふみのような気がしていた。だから、時蔵と……」

「時蔵は自訴したぜ」

六助が口をはさんだ。

「時蔵が？」

「時蔵は飛驒屋に殺されかけた。神鳴りの旦那が助けたんだ」

「なぜ、飛驒屋が？」

「知らなかったのか。南町の高坂又五郎って与力がおみねにご執心だったんだ。飛驒屋は時蔵を始末し、おみねを高坂又五郎のものに……」

「ちくしょう」

喜助は目を剝いて吐き捨てた。

「喜助。いい加減、目を覚ませ。飛驒屋はいいようにおめえを操ってるんだ。おめえに付け火をさせ、罪をすべておめえに背負わせる。用済みになれば、あとはあっさり切り捨てる……」

六助の言葉に、喜助は悔しそうに肩を震わせていた。

「喜助さん、出よう」

竜吉は声をかける。

「あっ」

喜助が叫んだ。

「どうしたえ」

「俺の付け火のあと、助三もどこかで火を放つことになっている。もし、俺が失敗しても助三が火を放つ」

「六助。俺が先に出て、旦那と親分に知らせてくる」

そう言い終わらぬうちに、竜吉は塀に向かって駆けた。

塀を乗り越え、外に出た。塀沿いを源蔵のもとに走った。

源蔵と文太は東側と北側の塀がぶつかる角近くの木立の中にいた。

「旦那、親分」

「竜吉か、どうした？」

「喜助は捕まえました」

「よし」

「でも、助三が喜助と呼応していて、万が一喜助が失敗したら助三が火を放つそうです」

「なんだと。よし、助三を捕らえるのだ。文太は北側、俺は東側を探す」

「へい。竜吉、来い」

文太は駆けた。

竜吉はあとを追った。

北の塀の内側の長屋が続く辺りに、黒い影がふたつ。ひとりが火縄にくるんだ物を投げ込もうとした。火縄に火が赤く点《とも》っている。煙硝を包んであるのだと思った。

「やめろ」

文太が走りながら怒鳴った。

竜吉はふたりの賊の傍に駆けつけた。

「てめえ」

火縄を持った男は狐のような顔をした助三だ。もうひとりは今村重四郎だった。

「喜助はどうした?」

助三が身構えてきく。

「捕らえた」

「ちくしょう。今村さま、こいつらを殺《や》ってくれ」

「よし」

重四郎はいきなり抜き打ちに竜吉に斬りつけた。竜吉は後ろに一回転して剣を逃れた。だが、重四郎は追ってきた。竜吉は横っ飛びに倒れ込みながら土を摑んで起き上がった。そこに重四郎が目を剝いて迫ってきた。

竜吉は重四郎の顔を目がけて土を投げた。

うむっと唸って、重四郎は目をつむって顔をそむけた。その隙に、竜吉は重四郎目がけて突進した。

肩から重四郎の胸にぶつかった。だが、重四郎は数歩下がっただけで突進を受け止め、竜吉の襟を摑んで引き離した。

竜吉はよろけた。そこに、重四郎の凄《すさ》まじい剣が振り下ろされた。竜吉は思わず目をつぶった。

だが、衝撃は起きなかった。恐る恐る目を開けると、源蔵と重四郎が対峙《たいじ》していた。源蔵が助けてくれたのだと思った。

「もはや、逃れられぬ」

源蔵は八相に構えて重四郎を追い込む。

「仲買人の喜久三夫婦を殺したのはおぬしだな」

「………」

「飛驒屋に命じられたのか」

「聞く耳、持たぬ」

重四郎が上段から斬りかかったが、源蔵は相手の剣を軽く弾いた。

竜吉は文太の応援に向かった。

助三は匕首を構えていた。

「助三。いい加減に観念したらどうだ」

文太が怒鳴る。

「いいか。飛驒屋はもう終わりだ。そなたの帰る場所はもうない」

「ちくしょう」

助三は文太に襲いかかった。文太は身を翻《ひるがえ》して匕首を避《よ》けた。竜吉が助三の前に躍り出た。

「助三。じたばたするな」

竜吉が一喝《いっかつ》する。

「てめえのせいで……」

助三は匕首を振り回して迫った。

竜吉は後退りながら相手の隙を窺う。疲れたのか、助三の匕首を持つ手の動きが鈍くなった。

竜吉は助三が手を下げたときをとらえ、足を踏み込んで相手の胸倉に飛び込んだ。すかさず足をかけて倒す。

そこに文太が駆け寄り、助三に縄をかけた。

「竜吉、でかしたぜ」

文太がにっこりした。

源蔵が近づいてきた。かなたで、今村重四郎がうずくまっていた。


ひと月後、竜吉と六助は文太とともに八丁堀の源蔵の屋敷に集まっていた。

升吉殺しの罪で、喜助に遠島の沙汰が下った。死んだ孫娘に似ているおみねに同情をしたという情状が認められ、罪一等を減じられた。

時蔵は飛騨屋に唆《そそのか》されて神鳴り源蔵を陥れる役割を果たしたが、自訴して罪をすべて自白したことや升吉殺しの全ての責を喜助が負ったこともあって江戸払いの沙汰で済んだ。

飛驒屋と今村重四郎は死罪、助三は遠島。そして、高坂又五郎は引退し、伜《せがれ》が与力として新規召し抱えになった。

そういった報《しら》せを源蔵から受けたあと、竜吉はきいた。

「旗本の有村善右衛門はどうなるんですかえ」

「お目付が調べている。三年前のことではっきりしないが、何らかの罰は受けることになるだろうと仰っていた」

「罰といっても、たいしたことはないんじゃないですかえ」

六助が言う。

「非役になる。小普請だ。本人にとっては辛いかもしれぬ」

「そうですか。喜助が満足してくれるでしょうか」

「おふみの一件が明らかになって処分されるのだ。喜助も安心しただろう」

「そうですね」

竜吉は答えた。

「で、旦那のお役差し止めは解けたんですよね」

六助が心配そうにきいた。

「当たり前だ。とっくに解けている」

文太が応じた。

「じゃあ、前々からの約束通り、酒宴といきませんか」

六助が舌なめずりをして言う。

「今、支度をしている」

源蔵が笑って言う。

「ありがてえ」

六助が喜んだ。

妻女の静江が酒肴を運んできて、酒盛りになったが、竜吉は前々から気になっていたことを口にした。

「旦那、ちょっとお伺いしてよろしいですかえ」

「なんだ？」

「お役差し止めになったあとも、旦那は動き回っていて、いっこうにめげている様子はありませんでした。いってえ、どうしてそんなに落ち着いていられたのですか」

「そのことか」

源蔵は微かに笑った。

「なんですね」

竜吉は気になったが、あっと声を上げた。

「旦那。まさか、お役差し止めは最初《はな》から手の内だったたってわけじゃ？」

「まあ、いいではないか」

源蔵は言葉を濁した。

「そうか、与力の高坂さまのことがあるので、わざと相手の罠にはまった振りを……。だから、あっしたちは探索に動けたし、旦那もお目付に会いに行くことが出来たのですね」

竜吉は感嘆し、

「親分は最初から知っていたんですかえ」

と、きいた。

「いや、俺も知らなかった。飛騨屋を捕まえた日はじめてきいて驚いたんだ」

「辛い思いをさせてすまなかったな。その詫《わ》びだ。今日は大いに呑んでくれ」

竜吉は改めて源蔵という男の凄さを知ったような気がし、とても楽しい気分になっていた。

光文社文庫

文庫書下ろし／長編時代小説

烈《れつ》火《か》の裁《さば》き　人情同心《にんじょうどうしん》 神鳴《かみな》り源蔵《げんぞう》

著者　小《こ》杉《すぎ》健《けん》治《じ》

2018年4月20日　初版1刷発行

発行者　鈴木広和
印刷　萩原印刷
製本　榎本製本

発行所　株式会社 光文社
〒112-8011　東京都文京区音羽1-16-6
電話（03）5395-8149　編集部
8116　書籍販売部
8125　業務部

ISBN978-4-334-77610-7　Printed in Japan

組版　萩原印刷